新民说 成为更好的人

LOGIS IN EINEM LANDHAUS
W. G. SEBALD

乡墅中的居止

[德]温弗里德·塞巴尔德 著 闵志荣 译

广西师范大学出版社
·桂林·

XIANGSHU ZHONG DE JUZHI
乡墅中的居止

LOGIS IN EINEM LANDHAUS
Copyright © 1998, The Estate of W.G. Sebald
All rights reserved

著作权合同登记号桂图登字：20-2022-216 号

图书在版编目（CIP）数据

乡墅中的居止 /（德）温弗里德·塞巴尔德著；闵志荣译. —— 桂林：广西师范大学出版社，2024.3
ISBN 978-7-5598-6534-2

Ⅰ. ①乡… Ⅱ. ①温… ②闵… Ⅲ. ①散文集－德国－现代 Ⅳ. ①I516.65

中国国家版本馆 CIP 数据核字（2023）第 213970 号

广西师范大学出版社出版发行

（广西桂林市五里店路 9 号　邮政编码：541004）
（网址：http://www.bbtpress.com）
出版人：黄轩庄
全国新华书店经销
深圳市精彩印联合印务有限公司印刷
（深圳市光明新区白花洞第一工业区精雅科技园　邮政编码：518108）
开本：787 mm × 1 092 mm　1/32
印张：6.625　插页：6　字数：100 千
2024 年 3 月第 1 版　　2024 年 3 月第 1 次印刷
定价：58.00 元
如发现印装质量问题，影响阅读，请与出版社发行部门联系调换。

目 录

前言 1

天上有颗彗星 7

我希望这湖是大海—— 43

我不知道/我为什么悲伤 77

死亡来了/时间去了 101

孤独的散步者 135

像白天和黑夜—— 181

前言

此时，距离我接触本书文章所涉及的作家已经整整三十年了。我还清楚地记得，1966年的早秋，当我从瑞士出发前往曼彻斯特的时候，我是怎样把《绿衣亨利》[1]、《莱茵家庭之友的小宝箱》[2]和一本半散落的《雅

---

[1] 瑞士作家戈特弗里德·凯勒（Gottfried Keller，1819—1890）的代表作。该长篇小说的主人公亨利是瑞士古老乡村中一名石匠的儿子，父亲早亡，由母亲抚养成人；他常穿一件用父亲的旧衣改成的绿外套，因此被叫作"绿衣亨利"。该小说是自传体作品，采用第一人称的叙述视角，是德语文学中著名的成长小说。如无特别说明，本书脚注均为译注。
[2] 德国作家约翰·彼得·黑贝尔（Johann Peter Hebel，1760—1826）所著。1808年至1814年，他在卡尔斯鲁厄担任文科中学校长，其间负责编辑中学出版的乡村日历《莱茵家庭之友》，上面刊载有他编写的故事和轶事，1811年它们被汇集为《莱茵家庭之友的小宝箱》并出版问世。

各布·冯·贡滕》[1]放到旅行箱里去的。从那时起，我读过的千百页内容都没有改变我对这些书和它们作者的尊敬，如果说今天我要再次搬到另外一个岛[2]上去，那么它们肯定还会出现在我的行李当中。正是对黑贝尔、凯勒和瓦尔泽经久不变的偏爱使得我产生了一种想法，在为时未晚的时候撰文向他们表示敬意。出于其他缘由还有两篇关于卢梭和默里克的文章，事实证明，它们出现在这本书里面也是合适的。现在，书中的时间跨度几乎超过两百年，从中人们可以看到，在这么长的一段时间里那种特殊的行为障碍并没有发生很多改变，它必定将每一种感觉都转化为文字，并凭借令人惊奇的精确性绕开生命。我在进行这种观察的过程中，首先感到惊讶的，是文学家骇人的坚韧。创作的坏习惯似乎没有医药可以治疗；那些沉溺其中的人依然坚持这种坏习惯，尽管写作的乐趣早就已经离他们远去，尽管与此同时，在那种关键年龄段里面，

---

[1] 瑞士作家罗伯特·瓦尔泽（Robert Walser，1878—1956）所著。《雅各布·冯·贡滕》创作于1908年，以日记的形式描写一个孤儿院里的孩子在各种不合理的规章制度下个性发展如何受到压迫和抑制。
[2] 本书作者塞巴尔德当时住在"岛国"英国。

就像凯勒有时所说的那样，人们每天都面临着成为一个傻瓜的危险，除想办法使脑子里不停转动的轮子最终停下来以外没有其他渴望。卢梭，虽然他在彼得岛[1]上的避难所里——那时他五十三岁——已经想要放弃没完没了的思考活动，却依然继续创作直到辞世。默里克还是一直不停地润色着他的长篇小说，即便这种努力早就没有了价值。凯勒在五十六岁的时候放弃了他的公务员职位，以便全身心地投入到文学创作中去。瓦尔泽可以说只有在他自己剥夺了自己的行为能力[2]后才能从创作的强迫状态中解脱出来。考虑到这种激烈的做法，我觉得几个月前在电视里看到的一部法国影片尤其感人，因为电影里面一名以前在黑里绍精神病院工作的男护工约瑟夫·韦尔勒说，瓦尔泽，尽管已经完全不再从事文学创作，却还总是在马甲口袋里随身带着一支铅笔头和特意裁剪的纸条，经常记下这样那样的内容。然而，约瑟夫·韦尔勒继续说道，当瓦

---

[1] 位于瑞士伯尔尼湖泊地区，是比尔湖中唯一的岛屿，岛上有座修建于1127年的克吕尼修道院，1765年，卢梭在这里居住。
[2] 1956年，居住在精神病院的瓦尔泽独自悄然出门散步，再也没有回来。其尸体后被发现于黑里绍（位于瑞士东北部，外阿彭策尔半州首府，是区域性的旅游中心和疗养地）野外的雪地里。

尔泽觉得有人在看他时，总是迅速把这些纸条再塞回口袋里去，仿佛别人发现了他的错误甚至丢脸的事。写作显然是一种人们不能轻易从中脱身的事情，即便它使人反感或者无能为力。从创作主体的角度出发，几乎没有什么说辞可以为写作进行辩护，它为作者带来的满足感少之又少。也许，写一部小体量的长篇小说，就像凯勒原本计划的那样，书里面一位年轻艺术家的生命悲剧性地中止，在柏树般阴暗的结尾处一切都被埋葬，然后就此搁笔，那样真的更好。只是对于读者来说许多东西自然就随之消失了，因为被囚禁在自己语言世界中的可怜的作家有时候为他们开辟出了生活本身几乎不能带给他们的这般美丽和震撼人心的风景。因此，首先作为读者，我将在下文中用一些篇幅较长的、除此之外没有其他特别主张的札记向先行的同行们表示我的敬意。最后是一篇关于一位画家的文章，这也是合理的，不仅因为扬·彼得·特里普[1]和

---

[1] 扬·彼得·特里普（Jan Peter Tripp，1945— ），德国画家，以其对著名作家、动物和地点的现实主义描绘而闻名，与塞巴尔德相似，他的作品多涉及记忆和历史残留等主题。

我在奥伯斯多夫[1]于相当长的一段时间里念的是同一所学校,而且凯勒和瓦尔泽对于我们两个人而言都意义重大,也因为我从他的画中学到了人们必须要看到深处,学到了艺术如果没有技艺就不会圆满,学到了人们在展现事物的时候要考虑到许多困难。

---

1 德国巴伐利亚州的一个城市。

天上有颗彗星

年鉴
纪念莱茵家庭之友

1926年约翰·彼得·黑贝尔逝世一百周年纪念日的时候,瓦尔特·本雅明在发表于《马格德堡日报》上的文艺评论开头这样写道,19世纪由于蒙蔽了自我而没有意识到《莱茵家庭之友的小宝箱》是德国文学中最纯粹的散文作品之一。出于自以为受过教育的傲慢,人们把打开这一宝箱的钥匙丢给了农民和儿童,没有记录下保藏在它里面的宝贝。事实上,在歌德和让·保罗给予这位来自巴登地区的日历作者的赞美与后来卡夫卡、布洛赫和本雅明对他的尊敬之间,几乎没有任何一个声音把黑贝尔介绍给市民读者群体,并向他们解释,随着黑贝尔的离世,他们自身在更好地设想一个遵循正义和宽容的理想形态的世界时失去了什么。犹太作家在1910年代和1920年代对于黑贝尔身后名誉的支持何其之少,与此相反,纳粹分子声称这位来自草地山谷的地方作家属于自己阵营所造成的影响何其之大,这也是德国思想史的一部分。这种窃取名声为己有展现出怎样一种虚伪的新日耳曼腔调,它持续了多久,罗伯特·明德借助海德格尔1957年关于黑贝尔的谈话对此有所揭示,这篇谈话的整体风格与法西斯统治时期由约瑟夫·魏因黑贝尔、吉多·科尔本海尔、赫尔曼·比尔特、威廉·舍费尔和德语遗产的其他守护者生产出来的没有任何区别,而后者认为他们的行话直接来源于人民的语言。当我1963年在弗莱堡开始读大学时,这一切才刚刚被扫到角落,从那时起我就时不时思考,要是当时陆续出版的本雅明和法兰克福学派——一个研究市民社会史和思想史的犹太学派——的著作没有给我们打开新的视角,那么我们的文学思维会何其模糊和虚假。无论如何,就我自己而言,如果没有布洛赫和本雅明的帮助,我就很难找到通向被海德格尔遮蔽的黑贝尔世界的道路。而现在我总是一遍遍重新阅读这些日历故事,可能是因为,就像本雅明也注意到的那样,人们很容易就会把它们给忘了,这正标志了它们的完美。不过,我每隔几个星期就要检查一下赛格林根的理发师和彭萨的裁缝还在不在,不仅仅是因为黑贝尔的散文具有轻妙的易逝性;一个相当巧合的事实,也是我经常翻阅黑贝尔的缘由,那就是我的爷爷——他的说话方式很多时候都会让我想起那位家庭之友的遣词造句——习惯在

1956 Wochen- u. Monatstage		II. FEBRUAR Namens- und Festtage	☉ Lauf	Alter Planetenschein	oder Tau-Monat hat 29 Tage. Mondsbrüche
Mittw.	1	Ignaz, Brigida, Siegbert	♎	19 △☉, ✶♂ 2. ☍♅ u. □♆	☾ Letztes Viertel
Donn.	2	Maria Lichtmeß Kornelius	♎	20 ☾ □☿ u. ♅, ✶♃ u. ♆, ☌	a. 3. u. 17 Uhr 8 Min.
Freitag	3	A. Blasius, Oskar, (14 N.)	♏	— ☾, □☉ [♆, ☉✶♂, ☿	2. Wachsweihe
Samst.	4	Andreas Corsini, Veronika	♏	22 ✶☿, △♀ u. ♅, □♃ u. ♆	3. Halssegnung
6.	☞	Vom Sämann und guten Samen. Luk. 8, 4–15.		Tageslänge 9 Std. 40 Min.	
Sonnt.	5	Sexagesima Agatha, Alwin	♏	23 ☌♄	5. Brotweihe
Montag	6	Dorothea, Amandus, Titus	♐	24 ☊, ✶☉, □♀, ☌♂	🌑 Neumond am
Dienst.	7	Richard, Theodor, Romuald	♐	25 ☾ im Erdf., ☽, △♃ u. ♆, ✶♆	11. um 22 Uhr 38
Mittw.	8	Johann von Matha Ordst.	♑	26 ♀✶☿, ♃☌♆	Min. Nach zeitwei-
Donn.	9	Apollonia, Cyrill, Alto Abt	♑	27 ☌☿, ✶♀	sem Aufklaren wie-
Freitag	10	A. Scholastika, Wilhelm	♑	28 🌑 ✶♄, ☍♅, □♆	der unfreundlich und
Samst.	11	Euphrosine, Adolf, Maria Erschein. zu Lourdes	♒	— 🌑, ☌☉, ✶♂	ziemlich kalt.
7.	☞	Von der Verkündigung seines Leidens. Luk. 18, 31–43.		Tagesl. 10 Std. 1 Min.	
Sonnt.	12	Quinqu. Eulalia J. u. M.	♒	0 ☍♃ u. ♆, □♄, △♆	15. Aschenweihe
Montag	13	Katharina v. R., Ermenhild	♓	1 ☾ im Aequ., ♀△♄	☽ Erstes Viertel
Dienst.	14	Fastnacht Valentin, Anton	♓	2 ✶☿, □♂, △♅, ☿☍♅	am 19. um 10 Uhr
Mittw.	15	F.A. Ascherm. Siegfried	♈	3 ☌♀, △♄, ☿□♆	21 Min. Nachlassen
Donn.	16	Juliana M., Gregor X. P.	♈	4 ✶☉, △♂ u. ♃ (17. ♆	der Kälte und viel
Freitag	17	F.A. Donatus, Fintanus	♈	5 □☿ u. ♅, ☍♆, △♆, ☉☍	Regen.
Samst.	18	Simeon M., Flavian M.	♉	6 ☿✶♄ (19. ☉ i. ♓ 17⁰⁵ U.	18. Osterbeicht-Anfang
8.	☞	Von der Versuchung Jesu. Matth. 4, 1–11.		Tageslänge 10 Std. 25 Min.	
Sonnt.	19	1. Invoc. Konrad v. Piac.	♉	— ☽, □☉, ♃ u. ♆, △☿, ☍♄, ✶♅, ☉△♆,	
Montag	20	Eleutherius B., Eucherius	♊	8 ☋, ✶♀ (21. ♆; ☿ gr. w. Elgt.	19. Funkensonntag
Dienst.	21	Eleonora Königin, Felix B.	♊	9 ◠, △☉ u. ♆, ☍♂, ✶♃,	🌕 Vollmond er-
Mittw.	22	F. 1. Quat. Petri Stuhlfeier	♋	10 □♀, ☉□♄, ♂△♃	gänzt sich am 26. um
Donn.	23	Milburga Äbtissin, Willigis	♋	11 ☾ im Erdn., △♄, ☌♅, □♆	2 Uhr 41 Minuten.
Freitag	24	F.A. Schalttag	♌	12 ☍☿, △♀, ♂△♆	Rauh und windig.
Samst.	25	F. Matthias Ap., Edilbert	♌	13 △♂, ☌♃ u. ♆, □♄, ✶♆	
9.	☞	Von der Verklärung Christi. Matth. 17, 1–9.		Tageslänge 10 Std. 49 Min.	
Sonnt.	26	2. Remin. Walburga, Felix	♍	— 🌕, ☾ im Aequ., ☍☉	Wenn's der Hornung
Montag	27	Dionys v. Augsb., Ottokar	♍	15 □♂, ✶♄ u. ♅	gnädig macht,
Dienst.	28	Leander, Renate, Baldomer	♎	16 △☿. (29. ♆, ♂✶♆	bringt der Lenz
Mittw.	29	Roman, Oswald, Martin	♎	17 ☍♀, ✶♃ u. ♆, □♅, ☌	den Frost bei Nacht.

Wenn es an Lichtmeß stürmt und schneit, ist der Frühling nicht mehr weit,
ist es aber klar und hell, kommt der Lenz noch nicht so schnell.
Wenn's im Hornung nicht tüchtig schneit, so kommt die Kälte zur Osterzeit.
Schmilzt die Sonne im Februar die Butter, geben die Wiesen spätes Futter.

每年年关买一本肯普滕[1]日历，在里面用复写铅笔标上他亲戚朋友的命名纪念日[2]，第一场霜，第一场雪，还

---

[1] 塞巴尔德的故乡、德国阿尔高地区的一个小城。
[2] 和本人同名的圣徒的纪念日，可追溯到中世纪，主要在一些天主教、东正教国家庆祝。

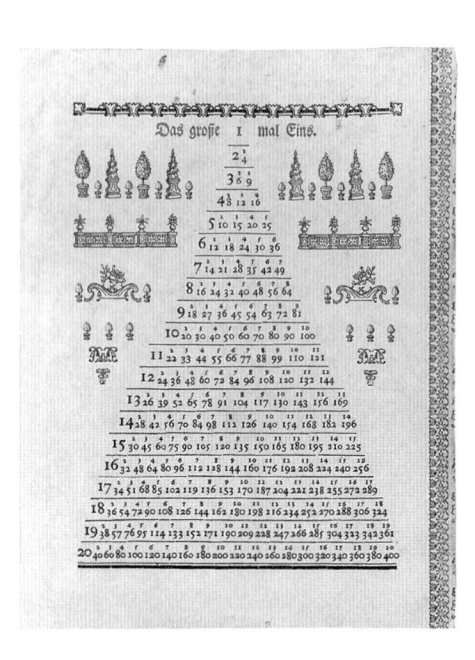

有类似刮焚风、下雷雨、下冰雹的日子，并且有时也会在笔记页写上制作苦艾酒或者龙胆酒的配方。由弗朗茨·施勒恩哈默-海姆达尔和埃尔泽·埃伯哈德-硕巴赫等作者编写的故事于1950年代印刷在历史可以追溯到1773年的肯普滕日历上，大约讲述了一位来自莱希河谷[1]的牧童或者一具在山地森林里被发现的骷

---

[1] 莱希河流经的谷地，位于德国和奥地利交界地区，大部分属于奥地利蒂罗尔州，小部分属于德国巴伐利亚州。

髅，当然，它们与黑贝尔的故事不在同一个水平线上，但这种家用日历的基本样式还是在很大程度上保留了下来，金字塔式乘法口诀表，利率计算表，每一个日期之后的圣人名字，红色的星期日和节庆日，盈亏的月相，天文符号和黄道十二宫，以及在1945年以后还是奇怪地没有被取消的犹太历法。所有这一切对于我而言构成了一个体系，直到今天，我有时候还是会像幼年时那样，想象所有的一切在这个体系中都被安排得妥妥帖帖。因此对于我来说，黑贝尔对果树的栽培、小麦花、各种各样的雨或者鸟巢所作的描写，比其他任何地方都更加栩栩如生地表现了对一个处于平衡状态的世界的构想，而在我仔细观察他如何用他可靠、有道德的眼力区分感恩图报和忘恩负义、锱铢必较和挥金如土，以及人类别的过失和恶习时，这一构想比其他任何时候都更加触手可及。他用遭受的不幸终得报偿的故事来驳斥耳聋眼花地向前滚动的历史进程，每场战役之后都会签署和约，每一个向我们提出的谜语都有答案，在黑贝尔为我们打开的自然之书里面我们可以学到，即便是最稀奇古怪的生物，比如异舟蛾和飞鱼，都能够在极其谨慎细致的平衡秩序中找到它们的位置。黑贝尔那值得惊叹的内在确定性与其说是来自对事物本质的了解，不如说是发源于超越一切理智的观念。毫无疑问，他对世界大厦的持续思考是为了领着读者在外面的宇宙中散一下步，以此让读者熟悉宇宙，让读者能够想象最外围的星球就像一座陌生城市中的灯光那样整夜闪烁，在这些星球上，像我们一样的人坐在他们的房间里"读着报纸，或者做着晚祷，他们要么在纺纱编织，要么在玩王牌，小男孩则在用三分率做着算术题"；毫无疑问，他为我们描述了行星的运行轨道，为了使我们更好地理解而解释了一颗从布赖萨赫发射出去的炮弹需要多久才会到达火星，说月亮是我们所有人都熟悉的最高大众守护者、真正的家庭之友和我们地球的第一位日历作者，但他真正的诀窍是视角逆转，这一视角还包含着最遥远的事物，比如当他站在一个地外生物的角度眺望光芒四射的天空，从那里，他看到我们的太阳成了一颗渺小的星星，而且完全看不见我们的地球了，他一时间不再记得"奥地利正在打仗，而土耳其人赢得了锡利斯特拉之战[1]"。最终，正是在宇宙维度以及由此推导出来的对自身渺小意义的洞察中，产生了黑贝尔在他的故事中支配人类命运变迁的自主权。他极其深邃的灵感则要归功于这种停滞和纯粹凝视的目光。"我们不是都认识银河

---

[1] 1854年，克里米亚战争期间，奥斯曼帝国的要塞锡利斯特拉在3月遭到俄国军队的围攻。6月，帝国军队成功击退俄军。

么？"他这样写道，"它就像一条宽阔、闪烁的带子缠绕着天空。它好似一条永远不散的雾带，微弱的光明把它照透。但是如果通过望远镜的镜片去观察，就会发现这一整片光雾消散成了无数的小星星，如同人们透过窗户眺望山峦就只能看到翠绿的颜色，但是当人们用普通的望远镜就能看到树木挨着树木、叶子挨着叶子，数也数不清。"理性的思想静止了，黑贝尔通常代表的总是喜欢进行盘点的小资产阶级本能也一动不动了。通过经常沉浸于惊讶之中，这位家庭之友用精妙的讽刺弱化了他往常运用各种机会宣示出来的无所不知。尽管有专业的说教倾向，但是总的来说，他从来没有作为家庭教师位居中心，而是一直略微偏向旁侧，就像他故事中出现的若干鬼怪，众所周知，它们习惯于从侧位以缄默的惊异和听天由命的态度来观察生活。谁要是曾关注过黑贝尔是怎样作为一名忠诚的伙伴陪伴着他的角色的，那么就几乎能在他有关1811年出现的彗星的评论中辨识出这位作者的自画像。"难道它不是在所有的夜晚，"黑贝尔写道，"都看起来像一曲神圣的晚祷，或者像一名在教堂里来回走动并洒圣水的神父吗，或者说，像地球的一位高尚的好朋友，它思念着地球,仿佛想说:我曾经和你一样也是地球,充满了暴风雪和雷雨云,建满了医院、拉姆福德汤厨房[1]和墓地。但是我最后的日子已经过去,它使我在上天的光明中容光焕发,我本愿向下来到你这里,但是我不能,我不能因为你战场上的鲜血而再次变得不纯洁。它并没有这么说,但看起来就是这样,因为它越来越美丽、越来越明亮,越近,就越友善、越喜悦,当远去的时候,它又变得苍白、忧郁,仿佛触动到它自己的内心深处。"彗星和叙述者,两者都划出光的轨迹越过了我们被暴力扭曲了的生活,两者都看到了底下发生的一切,然而隔着人们所能够想象的最为遥远之距离。这种把同情和冷漠集于一体的奇特星区是所谓的编年史作者的职业秘密,他有时用仅仅一页纸就把整整一年发生的事情写下来,同时却紧盯着最微不

---

[1] 拉姆福德伯爵(Count Rumford of Bavaria,1753—1814),原名本杰明·汤普森,物理学家。生于美国,毕业于哈佛学院;因反对独立战争去英国,任英国皇家学会会员,其一大功绩是建立了伦敦皇家学院;后又去德国,被巴伐利亚选帝侯授予拉姆福德伯爵的称号;1800年后定居法国。拉姆福德伯爵在德国巴伐利亚时计划通过建立汤厨房为穷人提供食物以及雇佣穷人工作的办法来解决慕尼黑的乞丐问题,通常被认为建立了第一个真正意义上的汤厨房。

足道的事态，他不只谈及普遍的贫穷，还会说因为饥饿当地儿童的指甲都变成了蓝色，并感觉到比方说在施瓦本地区一对夫妻的日常争执和一整支军队在别列津纳河[1]的洪水中溃亡之间有某种不可名状的关联。如果说一种特别的心理感知能力和气质是黑贝尔如史诗般的世界观的前提，那么把这一世界观介绍给读者也是一件独特的事情。当法国军队从德国撤退后在莱茵河对岸下游方向扎营时……当她坐着邮车从圣约翰门离开巴塞尔并经过葡萄园前往松德高[2]时……当太阳正好在阿尔萨斯群山中落下时……故事就是这样继续下去的。一件事情紧接着另一件事情，通过这种方式，叙事流逐步形成。语言在细小的迂回和曲折中使自身转变为它所叙述的东西并尽可能地解救更多的世俗物品，却以这种方式阻碍了自身的流动。此外，时不时地借用方言，借用其词汇和句子结构，也属于黑贝尔的叙事风格。"想要数恒星的话，全世界都没有足够的指头"，用巴登-阿尔萨斯方言句法写出来的《观察宇宙》中有一段开头是这么写的；而在有关巴黎犹太大

---

1 第聂伯河支流。1812 年 11 月，拿破仑军队在此被俄军大败。
2 也称南郡，位于法国阿尔萨斯南部。

公会的一篇故事中我们读到:"伟大的拿破仑皇帝大概认识到了这一点,1806年,在他开始那次前往耶拿、柏林、华沙和埃劳的伟大旅程前,他曾让人给法国所有的犹太人写信,要他们从他们中间给他派一些识大体、有见识、来自帝国各省的人。"在这句话里面,词句并没有遵循阿勒曼尼语[1]的语言习惯来放置,而是完全按照不愿意接受德语语法关系的意第绪语[2]。光这一点可能就已经足够否定海德格尔关于黑贝尔扎根于家乡土壤的粗糙论点了。他特意为日历创造出来的这种极为高超的艺术语言总是只在韵律节奏要求的地方使用来自方言和不再流行的短语和结构,而大概在他所处的时代,它就已经作用为一种陌生化的元素,而不是部族归属的证明。黑贝尔对"并且""或者""但是"这些并列连词的特别喜好也不是一种扎根于乡土的天真幼稚的表现,事实上他经常从这些小品词的使用中获得他最为巧妙的效果。与所有等级关系和从属关系

---

[1] 德语的一个分支,黑贝尔的《阿勒曼尼诗稿》(*Allemannische Gedichte*)是阿勒曼尼语文学的代表。
[2] 在标准德语中,动词位于从句末尾,而前文引用的德语原文中,动词没有位于从句句末。塞巴尔德在本书很多地方也偏离了这种语法规则。

相反，它们以最不让人讨厌的方式向读者表明，在由叙述者创造和管理的这个世界里一切都应该以平等的权利共存。朝圣者想在他回来时给巴塞尔的女主人带一枚"来自亚实基伦[1]海岸"的贝壳，或者一朵耶利哥[2]玫瑰。杜特林根的手工学徒在阿姆斯特丹商人的墓前，看似是向墓中人说话，实际上是对他自己说道："可怜的Kannitverstan，你所有的财富现在和你有什么关系呢？以后我的贫穷也会给我备好一块裹尸布和一条床单，而你的那些漂亮的花儿里面也许只有一朵迷迭香，或者一株芸香花被放在了你冰冷的胸口上。"[3] 在句末这些突出了黑贝尔散文中最为深刻的情感瞬间的抑扬顿

---

1 以色列古代最古老和最大的海港，位于加沙以北、雅法以南，自从青铜时代起就十分繁华，曾先后被迦南人、非利士人、巴比伦、腓尼基、罗马人、穆斯林和十字军所统治，13世纪后期被马穆鲁克摧毁。
2 位于约旦河西，城墙高厚、守军高壮，是一处坚固的堡垒，被视为迦南门户。
3 出自黑贝尔写的一篇台历故事，该故事讲述了一个年轻的德国学徒来到荷兰大都市阿姆斯特丹，他看到一幢特别漂亮的房子和一艘大船，就问别人那是谁的。荷兰人听不懂德语，便口齿不清地说"Ich kann dich nicht verstehen"，意为"我听不懂"。他听成了"Kannitverstan"，以为这就是主人的名字，并惊叹于这位先生的财富之巨，同时不禁为自己的境遇和命运感到失落。后来他又遇到一个送葬队伍，就问人们谁死了，别人也回答他说"Kannitverstan"，于是他以为那个富人死了，遗憾巨额财富并没有使他长生，并慨叹不管穷富"人终有一死"。

挫和曲折变化中，语言转为内敛，我们几乎可以感觉到叙述者把手搭在了我们的胳膊上。人们在其中感受到的博爱，远不同于任何实现社会平等的思想，前者在永恒的视野前才能实现，这一永恒视野的另一面是金色底子[1]，如本雅明所说，编年史作者喜欢在上面描画他们的角色。在他降了半个调、某种程度上归于虚无的结束语中，黑贝尔把自己从日常生活的关联中解脱了出来并走向一个更高的立场，从这里，用让·保罗遗作里的一句话来说，人们可以眺望到人类遥远的向往之地，套用另一句名言，那就是还没有人去过的故乡[2]。

黑贝尔的宇宙观测是一种在清醒的状态下撩开彼岸帷幕的尝试。世俗的虔诚和对自然的研究取代了信仰和形而上学。天体的完美机制被这位日历作者视为证据，它证明有一个我们有朝一日可能进入其中的光明王国的存在。黑贝尔本人对此毫不怀疑，其职务已经替他排除了怀疑。但是在他不受意识监管机构掌控的梦中，有不少证据能够证明他也会害怕和慌乱，因

---

[1] 指画家作画的金色背景。
[2] 或指恩斯特·布洛赫《希望的原则》结尾。

为有段时间他对梦境做了记录。"我躺在，"他在1805年11月5日这样记录道，"母亲家中我以前的小卧室里。卧室中间有一颗橡树。房间没有天花板，所以橡树一直长到了屋顶桁架下面。树上有个别几处地方着了火，看起来很美。火最终烧到了最上面的树枝，屋顶桁架的横梁也烧着了。火灭后，人们在火烧起来的地方查看时，发现了一种稍带绿色的树脂状物质，事后它变成了凝胶一样的东西，还发现了许多丑陋肮脏的绿色甲壳虫，它们正在贪婪地吞吃着它。"这间有棵发光的圣诞树的儿童房变成了一个布满恐怖的地方，与这种变化同样可怕的是被诅咒的灵魂的幻象，它们以热带鱼和其他海洋动物的形象躺在地狱中一个房间里的山毛榉树叶之间。动物总的来看对于黑贝尔而言并不可怕，比如那只背上是天青石蓝的小老鼠，它在他两腿之间跳来跳去；还有那头进入他房间的非洲狮，它把因为起斑疹而变形的前爪搭在他肩上；更不用说那两个天使，其中雌性那个怀了孕，他们和其他家禽一起被关在鸡棚里面。黑贝尔在梦里也会时不时对他自身的合法性产生焦虑，比如某个晚上他与基督和门徒坐在桌边时，他担心他们看出来他在信仰方面并不虔诚,还有一次在巴黎他作为间谍被逮住了并且否认了他的出身。这种超现实的梦境世界不是黑贝尔在白天手里拿着笔想象出来的撒满星星的天堂乐土。当时最荒唐无聊的事情不加选择、肆意任性地碰到一起,这种结合方式也可以理解为一种对时代的反思,在这个时代,救世史世界观的最后残余被摧毁了,而同时世俗的历史随着无穷无尽的革命和战争开始暴力地蔓延开来。天上出现彗星意味着不幸即将来临的迷信很轻易地就被这位日历作者反驳了,因为他指出,不幸的是,1789年到1810年间应验的灾难的数量远远超过了这种拖着尾巴的星星的数量。"有兴致的读者,"他这样写道,"只要回想一下最近二十年,想一下时不时出现的革命和自由之树,想一下利奥波德皇帝的突然死亡,想一下国王路德维希十六世的离世,想一下土耳其皇帝被刺,想一下德国、荷兰、瑞士、意大利、波兰、西班牙的流血战争,想一下奥斯特利茨战役和埃劳战役、埃斯林根战役和瓦格拉姆战役,想一下黄热病,想一下斑疹伤寒和牛瘟,想一下哥本哈根、斯德哥尔摩和君士坦丁堡的大火,想一下糖和咖啡涨价",就能明白人们永远不会在大清早知道傍晚到来之前会发生什么。这个道理的范例就是《莱登城的灾难》[1]，在这则故事里面，一切都像平常一样运转，如果不考虑事实上，一艘载着七十桶火药的轮船停泊在港口的话。"人们吃着午饭，就像往常一样津津有味，尽管轮船还一直停在那里。但是当下午高大塔楼上的指针指向四点半的时候——勤劳的人们正坐在家里干着活，虔诚的母亲正摇着她们的小宝宝，商人正做着他们的生意，儿童正一起坐在夜校里面，清闲的人们正百无聊赖地坐在酒馆里打着牌喝着酒，一个愁容满面的人正在焦虑明天吃什么、喝什么、穿什么，一个小偷也许正好把错误的钥匙插进一扇陌生的门——突然响起了爆炸声。载着七十桶火药的轮船着了火，崩射到空中，眨眼间挤满整条长巷的房屋连带所有生活和居住在里面的人一起被炸毁了，倒塌成一堆石砾，损坏惊人。成百上千的人生死未卜地被埋在这些废墟下面，或者受伤惨重。三所校舍被摧毁，里面所有的儿童都罹难了，在灾难发生地附近的街上，人和动物被火药的威力抛向空中后又形容悲惨地落到地上。不幸的是还燃起了

---

[1] 原名为"Unglück der Stadt Leiden"，德语名词"Unglück"意为不幸，"Leiden"（莱登）意为痛苦，含双关义。

一场大火，不久之后蔓延到了所有地方，几乎永远扑不灭，因为许多存满油和鲸脂的仓库也被卷入火中。八百栋非常漂亮的房子倒塌或者不得不被拆毁。"在对莱顿城如何被毁的描述中，黑贝尔可以说总结了整个时代的经历。他出生于1760年，经历了邻国[1]旧政权的覆灭、革命的爆发、恐怖的岁月和随之而来的泛欧战争，这些都体现了灾难的加速和历史的倥偬。无论是对降临在这座荷兰城市头上的灾厄的描述，还是黑贝尔的其他作品，里面都找不到证据来证明他在1789年到1814年间认可过不断扩张的地方性政治暴力。瓦尔特·本雅明一厢情愿地认为黑贝尔把法国大革命看作是神的理性对人类历史的干预，这种观点，就像汉内洛蕾·施拉费尔在其精美插图版《莱茵家庭之友的小宝箱》的后记中指出的那样，基于一种模糊的历史观，它"混淆了莱茵河上游地区动荡的18世纪90年代和19世纪初的改革时期"。即便是这件事情最可靠的目击者罗伯特·明德也断言，黑贝尔最多是以一种克制、自由的形式支持过大革命。这位莱茵家庭之友自己也

---

[1] 指法国。

在1814年，当变革看起来最终平息的时候，很明确地对他的读者们说道，他还从来没有佩戴过帽徽。尽管他用满满的讽刺对这条追溯性的原则声明做了修饰，但他肯定不是出于投机的目的，因为他的希望和哲学所指向的从来不是用暴力和流血的方式改变现有状况。自始至终他关心的只是如何切实改善民众的生活条件，就像卡尔·弗里德里希大公那样，自从他通过1783年7月23日的一项政令废除了农奴制以来，他推动教育和卫生事业、农业、行政管理的后续改革，并对拿破仑法典进行适应巴登地区实际情况的创造性改编。卡尔·弗里德里希是法国重农主义者的学生，他们中最著名的代表人物，如弗朗索瓦·魁奈和让·克劳德·马里·樊尚，面对18世纪出现的深刻影响了集体生活的改变，寻求自然法基础上的社会持久和谐。因此他们国民经济哲学的核心是农业，他们把农业视为唯一对全民福利具有决定性作用的真正商品生产形式。原材料在手工业工场的加工、贸易和工商业对于他们而言则是次要活动。重农主义者的理念同时具有进步性和保守性，这一特征由它的意图决定，可以这么说，它想在贵族政权中植入资产阶级理性并正要以此来避免政权走向终结，对自身继承而来的财产，贵族剥削得多少有些肆无忌惮，若不转为采取一种更进步开明的做法，那么就可以预见他们统治的终结。浮现在重农主义者眼前的愿景是一个好似百花绽放的大花园的国家。汉内洛蕾·施拉费尔引用了18世纪中期苏黎世一名官医[1]的话，这名医生认为，"如果所有人都去种田，靠双手劳动来养活自己的话"，那么，就没有欺骗和暴力，处处都会有安宁、和平。在这种怀旧的乌托邦式观点中，有教养的中产阶级表达了对由它自己组织起来并年复一年蔓延得越来越广的商品和货币经济的厌恶。重农主义学派的拥趸相信在被他们称为忠诚专制主义的政体形式之下最可能实现他们的"自然"社会体制，因为这种政体可以保障改革动力的直接转化。除了就实质性问题达成一致之外，正是这种政治路线让卡尔·弗里德里希这样的诸侯觉得采纳重农主义者的信条是有意义的。就黑贝尔而言，他认为人类社会有可能实现的更好的未来模型在于卡尔·弗里德里希的优秀治理措施，而肯定不在于把改革扭曲成一

---

[1] 指欧洲近代早期由市政厅任命的医生，除了私人诊疗工作，还要负责疾病预防、药品监管等类似于今日公共卫生事务的工作。

场灾难的革命。因此，这位莱茵家庭之友就像一位明智、慈善的君主一样履行着他作为叙述者的职责。他讲述的故事和经历，他指点的道理，以及他在包罗一切的自然秩序方面所表达的其他东西，不仅共同给中下阶层提供了一本智慧的教科书，而且也是一面镜子，君主在其中应该辨认出特别印刻在他身上的范本，以期真正完成蒙上帝恩典交付给他的任务。在这种意义上，黑贝尔的政治立场与歌德在他的《中篇小说》中表明的立场非常相近，众所周知，这部作品叙述的是已经被资产阶级的责任意识和职业道德渗透的封建制度怎样避免了一场象征着革命的火灾。歌德几乎把他年轻的诸侯变成具有新的企业家精神的代表，这种精神的主要原则是"人们应该更多地接受，而不是更多地给予"，而黑贝尔在他谈到约瑟夫皇帝、腓特烈大帝、聪明苏丹或者俄罗斯沙皇的时候，更愿意遵循传统的专制模式，依照这种模式，君王干预他们臣民的命运总能产生好的效果。在黑贝尔的作品中，人们到处都找不到哪怕一丝不敬之意。善良和公正是这种专制统治社会的指路明星，对于这种社会的自我认知，阐释得最到位的是"执政君主试图深入民众却得不到认可"

这一情景原型的诸多变体。这位日历作者也向我们描述了几次这样的事情，给人留下最深印象的或许是发生在1809年的一则故事，它讲的是拿破仑没有忘记偿还他长期以来赊欠布列讷的一名水果女的债务。为了使读者能够正确评价这件事情，这位家庭之友只是提醒读者注意拿破仑自从寄宿在布列讷军校以来所经历的发展阶段。"拿破仑，"他写道，"短时间之内就成了将军，并占领了意大利。拿破仑去了埃及，以色列人的后代从前曾在那里做过烧砖的窑工；他在拿撒勒附近打了一场仗，一千八百年前受人称颂的贞女曾在那里居住过。拿破仑径直穿过敌舰云集的海面返回法国并来到巴黎，成为第一任最高执政官。拿破仑在他不幸的祖国重新建立了安宁与秩序，成为法国皇帝。"在重述了关于这段流星般的人生道路的几句话之后，我们看到了一位皇帝，他隐姓埋名，像一位传说中维持着世界平衡的义人，穿过一扇狭窄的门走进了水果女的房间，她刚好在准备她简单的晚餐。一千二百法郎他都让人连本带利地放在了他债主的桌上，这样一来今后她和她的孩子们就过得下去了，现在人们几乎可以说他把她的孩子当作自己的孩子了。

如果说这位皇帝在傍晚时分进入水果女的房间暗含了圣母领报的意味，那么对这位皇帝令人惊讶的扶摇直上的描写则更加使人联想起圣经故事。比方说以色列子民的流亡，比方说圣地和受人称颂的贞女，以及可能最重要的，年轻的英雄从敌舰密布的海上返航并带来和平与新秩序。救世主的召叫明确无误，它明显比旧王朝的合法性宣示有着更高的地位，而众所周知，拿破仑对旧王朝并不十分在意。至少有一段时间，黑贝尔的政治希望也是寄托在这位法国皇帝身上的。因此，他在同时代的进步保守主义者当中并不孤独。拿破仑打过的那些仗，即便在德国，最初看起来也与革命的可怖杀戮不同。它们并没有沾染内战和非理性暴力的气息，而是几乎散发着一种更高的理性的光芒，因此人们认为，它们有助于平等思想和宽容的传播。然而这位日历作者不无讽刺地写道，当号召从巴黎犹太大公会发出来的时候，有些法国犹太人认为这位皇帝想要"把他们重新送回黎巴嫩高山边、埃及河边以及海边的老家"。黑贝尔自己的乐观也随着拿破仑发动的战争迁延得越来越久而逐渐消散。在1811年的一篇没有在年鉴中发表出来的小文章里，这位家庭之友就已经冷静地做了估算，他确实是一位优秀的算术家，他估算拿破仑每年要征召数十万员兵和数万匹马，组建和扩充他的军队要不断吞噬掉数亿条性命。在另一篇同样没有收录在年鉴中的文章里面，他列举了建造一艘在海战中大多数情况下注定要早早沉没的战船需要什么材料来说明发动战争的荒谬："一千棵高大的橡树，人们可以说这就是一整片森林了；此外需要二十万磅铁。制作船帆需要六千五百埃尔[1]帆布；船缆和绳索重达十六万四千磅，必要时，还要给它们涂上焦油，那么它们就会重达二十万磅。整艘船重五百万磅或者五万公担[2]，还不算人员和食物，不算火药和子弹。"当这样的挥霍浪费摆在眼前时，这位习惯了勤俭持家的日历作者寒毛直竖。1814年，当这一页终于翻过去的时候，他写了一篇叫作《世界大事记》的文章，记录了发生在当时世界上最大的城市莫斯科的大火，表达了他对毫无意义的破坏的震惊。"内城四片地区和城郊三十片区域连同所有的房屋、宫室、大教堂、小礼拜堂、客栈、商店、工厂、学校和官署都着

---

[1] 旧时量布的长度单位，约合55至85厘米。
[2] 在德国1公担为50公斤。

了火。从前这座城市有四十万居民，周长十二里格[1]，"这位家庭之友这样说，然后继续写道，"从前，站在小山丘上放眼望去，天空之下，目力所及之处都是莫斯科城。此后，天空之下满目火焰。因为法国人刚进城，俄罗斯人自己就放火点燃了所有角落。一场刮个不停的风很快就把火苗带到了这座城市的每一片居民区。三天之后城市的大部分区域都化为废墟和灰烬，从此谁要是路过，天空之下，看到的尽是悲惨。"在他这篇记载划时代的世界事件的文章中，黑贝尔接着提醒他的日历读者回想一下1813年5月6日从柏林发出的命令，根据这项命令，如果国际战争局面不利，所有六十岁以下的男子都必须武装起来，所有妇女、儿童、政府官员、外科医生、邮政经营者等等都必须避开敌人，所有的牲畜和物资储备都必须清理干净。"地里的所有果实、所有船只和桥梁、所有村庄和磨坊都必须烧毁，所有的水井都必须填埋，目的是让敌人无处（找寻）容身之所和物料供给。从来，"这位家庭之友写道，"都没有实行过这样骇人听闻的毁灭自己国家

---

[1] 欧洲一个古老的长度单位，大约等同于正常人步行一小时的距离。

的规定。"我们今天如果回想一下1920年代后期德国国防军在陆军上将施蒂尔普纳格尔的领导下制定了一项针对法国人的复仇战争计划,也许就能够些许体会这位日历作者在俯瞰这个已经张开的历史巨口时所经受的惊恐,这位上将,正如卡尔-海因茨·扬森在一篇有关汉堡历史学家卡尔·迪克斯于美国国家档案馆发现的文件的报告[1]中所写的那样,少有地融合了1813年暴力革命的浪漫主义和冷静清醒的现实主义,拟定通过挑衅把宿敌引诱到德国,让他们在这里陷入没完没了的游击战,最后用焦土策略打败他们。为了这一目的,扬森写道,人们为帝国全境范围绘制了特别的毁灭地图,1945年,在如自杀般的、战争的最后几周当中,人们再次想起了这些地图。可能在1812/1813年,黑贝尔就预料到随着拿破仑的败落和德国人民的反抗,一条一旦踏上就不容易停下的下行之路开始了,预料到历史从那时起基本上就只会是人类的殉道史。不管怎样,我都能够想象这位日历作者在1814年1月公布了一份足足有六页的爱国主义劝言时他并不自在,

---

[1] Cf. Die Zeit, 7 March 1997.(作者注)

在劝言中，一贯以有所保留的姿态观察事物的他弹起了那时普遍流行的激情洋溢的好战调子。"看，"里面写道，"整个德国，从海洋到群山，正全副武装地站起来，并已经站起来了。所有德国血统的贵族，普鲁士人、萨克森人、黑森人、法兰克人、巴伐利亚人、施瓦本人，绵长的莱茵河边和遥远的多瑙河边，所有说德语的人，所有德国人，都是同一个人，怀有同一种勇气，效力同一个联盟，遵守同一句誓言：德国必须摆脱异族的桎梏和辱骂！"在这一点上黑贝尔接着谈到了保卫家乡和民族重生，谈到了在德国被举起的五百万步枪、斧头、长矛和镰刀，谈到了命运的骰子，谈到了血祭和圣地，并敦促他的表兄，也就是这封书信的收信人、手足、同胞、德国战友，加入祖国保卫者的行列，进而成为上帝救赎的一部分。黑贝尔在这里的表述属于民族沙文主义言论，在接下来的一百年中，它产生的反响声量越来越大，这将德国社会深深地推入了迷途，以至于德国社会在另一位对权力的绝对意志着了魔的独裁者的领导下试图重复拿破仑组建欧洲新秩序的实验。1996年，法兰西学院的让·迪图尔发表了一篇有关1789年至1815年这个时代的文章，这篇文章有意采取了政治不正确的态度,代表了一位保守派君主主义者的立场。文章的题目叫作《波拿巴元帅》,它认为,在1789年之前由君主制组织起来的欧洲,因为王室无一例外地都是通过家族和婚姻关系互相联结起来的,所以从理论上来说战争冲突会在某种界限上得到控制,并且在这些战争中追求的是领土方面的或者其他具体的利益,而从来不会追求一种抽象扼要的观点。随着革命爱国主义的发明,历史才陷入了一种转动得越来越迅速的漩涡中。因此,迪图尔写道,如果巴士底狱的守军在凶险的7月14日那天向起义者开火,通过这样的方式从一开始就防止一群老实、勤恳的人民变成一个野蛮人的民族,就像在革命时期发生的那样,从而在之后阻止那位科西嘉暴发户[1]崛起,这会是一种更加聪明的做法。他,迪图尔说,虽然拥有构成典型的成功篡位者的一切——野心、天赋、毅力、贪婪、追求功名和等级的欲望,而且完全不具备善感心——但是为了真正成为西方国家的皇帝,"他还需要一个破碎的社会"。在1789年到1815年之间流淌的

---

[1] 指拿破仑。

鲜血不仅改变了法国人自己的天性和他们国家的面貌，迪图尔说，而且从它的硝烟中还产生了一个令人恐惧的新德国。在从前清白的日耳曼尼亚，没有任何一个哲学家会想要呼喊"德国，醒醒！"，迪图尔这样认为。"为了摆脱它的萎靡不振，它使用了数量不少于法国皇帝的大炮。这个在20世纪变得如此可怕的德国，唉，是我们创造了它，是我们凭空创造了它。"[1] 如果回想一下迪图尔在他的异端论文中讨论的历史潮流不仅使得这位日历作者在1814年发起了灾难性的呼吁，而且还让他产生了一种在德国文学中独一无二的末世观，那么人们也许就能极容易地衡量这股历史潮流的力量了。我们要想象的场景发生在夜里，在施泰嫩和布龙巴赫之间通往巴塞尔的那条路上。父亲和他年幼的儿子坐在慢慢前行的车上，车子由两头听话的公牛梅尔茨和劳比拉着——"听，劳比在喘着大气呢！"小孩子有一回说道——他们一路上谈的是世俗的生活、人类的创造物、我们居住的房屋和村庄、伟大的城市、绿色的自然和整个世界的短暂易逝。小男孩问，他们那座在

---

[1] 仿宋部分原文为法语。

《草地山谷中的罗滕城堡和村庄》，油画，海因里希·赖歇尔特创作

山丘上、玻璃窗闪闪发光的房子将来会不会也和现在的罗滕城堡一样变成幽暗的废墟,父亲回答道:

> 是的,肯定的,房子会变得又旧又脏;
> 雨水每晚都会把它冲得更脏,
> 太阳每天都会把它晒得更黑,
> 壁板上的甲虫叮当作响。
> 雨水会渗进阁楼,呼呼地
> 风会穿过缝隙。对此你
> 会视而不见,你孩子的孩子们会来,
> 修修补补。最终它会彻底腐烂,
> 然后就修不好了。到了
> 二〇〇〇年,一切都会衰败。

这段关于毁灭和死亡的阿勒曼尼语对话过后不久,父亲谈到了巴塞尔城——"一座美丽、宏伟的城市"——的未来命运。不过它肯定也是会衰败的:

> 什么都没有了,孩子,丧钟会敲响,
> 巴塞尔也会下葬,这里

> 那里树干散落在地,还有横梁、
> 古塔和山墙;上面会长出
> 接骨木,这里是山毛榉,那里是冷杉,
> 还有苔藓和蕨类,而苍鹭会在其中筑巢——
> 真是令人惋惜!

这位日历作者在他的一些故事当中暗示他真正的家乡是不那么偏执的东方,我能够轻易想象他戴着头巾、穿着长袍在犹太人和土耳其人中间四处游荡,他给巴塞尔的这幅美丽遗像加了点东西,使人想起远方的佩特拉[1]和其他的东方城市遗址,尽管从废墟中生长出来的接骨木和冷杉、苔藓和蕨类植物更加符合黑森林和阿尔卑斯山地区的实际情况。无论如何,现在萦绕在巴塞尔城上空的和平,是没有受到任何人触碰的自然的和平,在这一自然中,河谷和弓形湖可以扩张,白鹭在空中转着圈。远为可怕的是父亲引出的下一个场

---

[1] 约旦著名的古城遗址,始建于公元前6世纪前后。佩特拉被群山环绕,峡谷和通道穿越其中,在古代曾是一处重要的商路中心。据考古发现,建筑大部分是从岩石上雕刻和开凿出来的,古希腊建筑与古代东方传统在这里交汇相融。

景。它描述的是战争和毁灭以及陷入火海的世界,完全契合末日学说的风格,对此资产阶级哲学因它与理性的更高原则不可调和而避开不谈。然而正是因为黑贝尔也归属其中的资产阶级的解放运动为能够让整个大陆天翻地覆的灾难创造了经济和政治前提,所以贯穿下文的可怕火焰不仅成为圣经末世观的反照——这位日历作者、巴登教区牧师自然对这种末世观的大量隐喻非常熟悉,而且也是让人难以捉摸的新时代曙光,这个时代尽管仍然梦想着为人类带来最大的幸福,却开始制造最大的不幸。于正在衰败的巴塞尔而言,覆于其上的大自然的慰藉现在已经无处可觅。

一名看守半夜走出来,
一个谁都不认识的陌生人,
他就像星星一样闪着光,叫喊道:"醒醒!
醒醒,天亮了!"——此时泛起红光
的天空,到处响起了雷声,
先是隐隐约约,随后响声大作,就像那时,
一七九六年法国人
发起的猛烈轰炸。大地在颤抖,

教堂的塔楼在摇晃;祷告的钟声
自行响起,远扬周传,
所有人都在祈祷。那一天正在到来;
哦,上帝保佑我们吧,人们不再需要太阳,
天空中只有闪电,世界将是火海汪洋。
接下来还会发生更多灾难,我现在没有时间;
最终一切都会被点着,哪里有土地,
哪里就会燃烧、燃烧,这火没人灭得了。

在最后一段,黑贝尔论述尘世短暂性的诗作与《圣约翰启示录》完全衔接了起来,在其中,我们听说了一座在群星之上的隐秘城市,这个男孩,如果品行端正,未来将被允许前往这座城市。

你看到了吗,天空是多么繁星璀璨!
每颗星星就像一个村庄,
遥远的天上也许还有一座美丽的城市,
你从这里是看不到它的,如果你品行端正,
你会升到其中一颗星星上,在那里你会过得幸福,
如果上天有意,你会在那里找到你的父亲,

还有可怜的贝西,你的母亲。也许你会
沿着银河来到上面那座隐秘的城市,
要是你往下看的话,你会看到什么?
罗滕城堡!贝尔欣山会被烧焦,
布劳恩山同样,像两座古老的塔楼,
它们之间的一切都会被烧毁,
化为尘土。维瑟河会
断流,你所看到的一切都会荒芜、焦黑,
一片死寂——你看到了这一切,
然后对你身边的伙伴说:
"看,那就是地球,那座山
以前叫作贝尔欣!不远处是
威斯勒;我曾住在那里,
套上我的牛,把木头运到巴塞尔,
犁地,给草地排水,做火把,
干着闲杂的琐事直到我死为止,
现在我再也不想回去!

从银河向下俯瞰这颗在宇宙中旋转着的地球,它显得
荒凉、幽暗,遍布烧焦的废墟,这景象再陌生不过了,

但我们在上面度过的童年与这位家庭之友讲述的故事遥相呼应，一切仿佛就在昨天。

我希望这湖是大海——

访问圣彼得岛之际

1965年9月末，我在前往瑞士法语区继续我的大学学业后，于学期开始前几天去湖泊地区[1]郊游了一趟，我从因斯[2]出发，登上了所谓的影子埂。那是一个雾蒙蒙的日子，我还记得我在一小片覆盖了小丘的森林边缘回看我走上来的路，回看那片向北延伸、被笔直的水渠分割开来的平原和后面那些雾气缭绕的丘陵；我还记得，当我在吕舍茨镇[3]以北重新来到田野上，看到比尔湖就躺在我脚下，我对着这幅景象出神地望了一个多小时，然后就想着尽快前往湖中央那座在秋日被一片颤动的白光淹没了的岛屿。正如生命中经常事与愿违，三十一年之后，这个计划才得以实现，1996年初夏，我最终在一位格外友好的东道主的陪同下从比尔城出发，真的摆渡来到了在上一个冰期被罗讷冰川打磨成鲸背（人们普遍这样称呼）形状的圣彼得岛；这位东道主家住在陡峭湖岸的高处，习惯性地戴着一

---

1 位于瑞士伯尔尼、弗里堡、纳沙泰尔和沃州这四个联邦州的交界地带，也是瑞士德语和法语区的过渡地区。该地区的三个湖泊分别为穆尔滕（Murten）、纳沙泰尔（Neuchatel）、比尔（Biel）。湖泊地区（Seeland）的比尔是本书第六章评述的罗伯特·瓦尔泽的故乡，他出版于1919年的短篇散文集就以"Seeland"为名。
2 位于比尔湖和纳沙泰尔湖之间的一个小镇。
3 瑞士中西部的一座城镇，由伯尔尼州管辖。

种船长帽,抽着印度的比迪烟¹,话略少。我们乘坐的这艘船名字叫作"弗里堡城",它沿着向下直插湖底的汝拉山脉边缘航行。在和我们同船的人群中间还有身着彩色服饰的男声合唱团成员,在短短的摆渡途中,他们好几次在后甲板上唱起"在那山上""岁月流逝"²

---

1 印度的传统烟草制品。
2 歌词。前者出自1911年由瑞士约瑟夫·博韦(Joseph Bovet)修道院院长创作的民谣《老的小木屋》(*Le Vieux Chalet*),后者出自法国诗人纪尧姆·阿波利奈尔(Guillaume Apollinaire)的诗《米拉波桥》(*Le pont Mirabeau*),它们都被改编成了歌曲。若无特殊说明,本章仿宋部分原文为法语。

或者别的什么瑞士歌曲，仅仅是，我感觉，为了用他们一声接一声奇怪地挤压出来的喉音提醒我此时离我的故乡已经有多遥远。

除了一座农庄，周长大约两英里的圣彼得岛上只有唯一一栋房屋，它从前是克吕尼修道院，现如今里面安顿的是由蓝湖股份有限公司管理的酒店和餐馆。从栈桥走到那里后，我和我的同伴还在阴翳的内院坐了一会儿，喝了点咖啡，然后我们就道了别，我从小门看见他是如何沿着白色的田间小路向下离开的，我心想，这样子和一位在世界各大洋漂荡许多年之后登上陌生陆地的海员没有区别。我入住的房间朝向南边，紧挨着让-雅克·卢梭曾经住过的那两间房间，1765年9月，正好是我从影子埂的小丘第一次眺望这座岛屿的两百年前，他在这里避难，直到伯尔尼小议会又把他从这个对他来说是故乡最后一站的地方驱逐出去。"下星期六前，"一封寄给尼道地区执行长官的信写道，"卢梭先生必须离开此地，如果他再次来到此地将面临严厉处罚。"在卢梭死后的几十年中，当他誉满欧洲甚至名扬海外的时候，名人雅士络绎不绝地前来拜访这座小岛，就是为了亲睹这位哲学家、小说家、自传作家和资产阶级情感澎湃的鼻祖短暂待过的地方，在这里，卢梭，正如他在《一个孤独的散步者的梦》里的《第五次散步》中所写的那样，体会到了其他地方所没有的幸福。投机者和骗子卡廖斯特罗，法国国会议员德若贝尔，英国政要托马斯·皮特，普鲁士、瑞典和巴伐利亚的诸位国王，他们都来过这个岛，特别是前皇后约瑟芬。1810年9月30日一大早，在这位当时最美丽的女性抵达之前几个小时，就已经有数千人在岸边等待了，湖面上，装饰着花环和旗帜的大船和小艇多得连船与船之间的湖水都看不到了。二十年后，当波兰人在他们的起义被暴力镇压之后来到瑞士时，这座岛屿不止一次成为一个聚集地，受到许多人敬仰的流亡者和同情他们的自由主义者多次在这里为在争取自由的斗争中牺牲的人组织纪念会。1833年，一群富有激情的人就在这样的一次集会上，就像维尔纳·亨齐在他有关这座卢梭之岛的小册子里回忆的那样，围绕着一座设立在两棵橡树之间、用黑布覆盖着的祭坛，祭坛上放着用黑纱包裹的《人权书》，而旁边的树则装饰着立陶宛人的徽章和白鹰，它是古老的波兰民族的象征。整个19世纪，还有一些其他散客也把这座卢梭之岛纳入了他们的旅程,情感细腻的女性读者,比如年轻的英国人卡罗琳·斯坦利曾在1820年夏季来到比尔湖边,她用水彩把圣彼得岛的风景、格林德尔瓦尔德冰川[1]和瑞士其他的风景胜迹画成了一本画册,它是我不久前在苏黎世的一家古董店找到的。这些游客当中有一些用小折叠刀把他们的名字或者姓名首字母和他们的游览日期刻在了卢梭曾经住过的房间的门柱和窗龛里的长凳上,如果人们用手指顺着木头上的刻痕比画的话,就能够知道他们的名字以及他们去过的地方。

在我们所处的这个行将结束的世纪,卢梭热渐渐平息了下来。我在这座岛上待了几天,在这几天里面我在卢梭之屋的窗龛里坐了几个小时,总之,这期间只有两个远足者来过,他们是为了散步或者找点东西吃顺便来到这座岛上的,误入这间简陋得只配备有一张沙发、一张床、一张桌子和一把椅子的小房间,而且这两位显然对此处寥落的风光很失望,马上就又离

---

[1] 位于瑞士中部,拥有独具特色、壮美秀丽的阿尔卑斯山景观,周边的维特霍恩峰、斯瑞克峰、艾格峰、僧侣峰和少女峰共同织就了一幅雄浑壮阔的雪山幕景,是久负盛名的冰雪运动和度假疗养的胜地。

《比尔湖》，水彩画，卡罗琳·斯坦利创作于 1820 年前后

开了。他们中没有一个人俯身看玻璃陈列柜去辨读卢梭的笔迹，没有一个人注意到房间中央足有两英尺宽的苍白杉木地板已经被踏出了一个浅坑，而且节疤四周的地方比其他木板高出了几乎一英寸。没有人用手掠过前厅里面已经被磨得光滑的石槽，没有人去感受还在壁炉周围流连的煤烟气息，没有人透过窗户向外眺望，透过那扇窗可以越过那片果园向下看到南岸的草地。但是，我身处卢梭生活过的这间屋子，仿佛被置身于从前的时代，当笼罩在这座岛上的平静还没有被远处的马达声打破，就像一两百年前的世界各地那样，我就更加容易产生这种幻觉。特别是傍晚时分，当白天的游客又回去之后，这座小岛就沉浸在一种宁静当中，它在我们周围的文明世界里几乎无处可寻，在这种宁静之中万物都寂然不动，也许除了微风偶尔轻抚湖岸的时候，粗壮的杨树的叶子会发出些许沙沙声。当我在渐浓的暮色中走在路上，被用细小的石灰石加固的路变得越来越亮堂，我路过篱笆围起来的草地，路过一片苍白的、一动不动的燕麦田，路过一个长满葡萄树的山坡和葡萄农居住的一间小屋，来到已经像夜一样黑的榉树林边的斜坡上，我从那里看到湖对岸的灯光一盏接着一盏渐渐亮起。黑暗看起来像是从湖里面升腾起来的一样，当我朝下看的时候，有那么一瞬间，我脑海中浮现出了一幅图画，它既像一本旧的自然史书里的色卡，也仿佛展示了数不清的湖鱼，当然它比此类彩色印刷品更加美丽、更加精确。鱼儿们在昏暗水墙之间的深流中沉睡，上下前后，大大小小，斜齿鳊和赤睛鱼，小鲤鱼和欧白鱼，雅罗鱼和狗鱼，红点鲑和鳟鱼，还有鲇鱼、梭鲈、鲌鱼、丁鲷、茴鱼和鲫鱼。

当卢梭在1765年秋天逃亡到圣彼得岛上时，他已经处于身心彻底崩溃的边缘。从1751年到1761年，在他生命中的第五个十年里面，他写下了成千上万页的作品，先是在巴黎，然后是在蒙莫朗西隐居的时候，而他的身体状况愈发不稳定。荣获第戎学院嘉奖的《论科学与艺术》，论文《论人类不平等的起源和基础》，歌剧《乡村占卜师》，写给伏尔泰和达朗伯的有关法国音乐和天命的书信，童话《古怪女王》，小说《新爱洛伊斯》，《爱弥儿》以及《社会契约论》，所有这些以及其他作品都是在卢梭还一如既往地与其他人保持着极为广泛的书信往来的这段时期创作出来的。如果看一下这些作品的规模及其所涉及门类的多样性，那么人们只能推测卢梭必定持续不断地伏在写字桌前，把他脑海里涌现出来的思想和感受化为绵绵不绝的一行行文字。卢梭由于这种狂热的创作而陷入了过度紧张的状态，这种状态在接下来的时间里更是不断恶化，首要原因是他激情澎湃的书信体小说[1]因宣扬恋人的天赋人权而获得了闻所未闻的成功，他先是为此收获了超高的文学声誉，随即却由于《爱弥儿》和《社会契约论》遭到谴责和没收而被巴黎的议会剥夺了政治权利，并在受到拘禁威胁的情况下被驱逐出法国。在他的家乡日内瓦，卢梭的境遇也没有好到哪里去。在这里，他同样被当作一个不敬神和煽动性极强的人而遭受辱骂，他的作品也被扔进了火堆。1770年，回顾这段命运转向衰败的时期，卢梭在他的《忏悔录》的最后一卷开头写道："从此，黑暗的藩篱便开始筑起了，我被禁锢其中整整八年，无论如何左冲右突，总也无法穿破它那阴森的黑暗。在我遭受灭顶之灾的深渊之中，我感觉得出所受打击之严重，我也隐约看到别人打击我时所用的那件直接的工具，可我却无法看清操纵那工具

---

[1] 指《新爱洛伊斯》。

的手，也看不清那手是怎么使用那工具的。耻辱和不幸像是自然而然地落在了我的头上，不留任何痕迹。"[1]这位受迫害者先是在由地区长官乔治·吉斯勋爵元帅管理的普鲁士领地纳沙泰尔找到了一个临时住处，在那里，他的爱慕者，博伊·德·拉图尔夫人，把位于偏僻的塔威山谷的莫蒂埃的一处闲置农庄借给他作为寓所。卢梭在此度过的第一个冬天是那个世纪最冷的冬天之一。10月的时候就已经开始下雪了。尽管受到下腹慢性疾病以及其他各种病痛和症状的折磨，卢梭依然要在困窘的流亡过程中反抗来自日内瓦议会和纳沙泰尔神职人员那接连不断、令他备受折磨的指控。在此期间，黑暗的世界似乎正再次明朗起来。卢梭会去他的保护人吉斯勋爵那里做客，处理吉斯勋爵家政的有卡尔梅克人[2]斯特凡、黑人莫辍、鞑靼人易卜拉辛和一位来自亚美尼亚的穆斯林女性爱米图拉。在这样的宽容环境当中，这位受到迫害的哲学家并没有格格不入，这段时间他已经穿上了他最为人所知的亚美尼亚服饰，一种长衫和一顶皮毛帽子。此外，他还努力

---

[1] 译文参照陈筱卿译本（《忏悔录》，上海译文出版社，2014年）。
[2] 俄罗斯联邦境内的一个民族。

与莫蒂埃的牧师乔治·德·蒙莫林修好，他会前去参加弥撒和圣餐礼，坐在屋前的太阳底下，忙着编织丝带，在山谷和山上牧场采集植物。"在我看来，"他日后在《一个孤独的散步者的梦》中写道，"在森林的阴影下，我被遗忘了，自由而安宁，仿佛我不再有敌人。"可敌人当然是不会罢休的。卢梭不得不给巴黎大主教写了一封辩护信，一年后又写了檄文《山中来信》，他在其中阐述称日内瓦议会针对他的行动违反了共和国宪法和他们的自由传统。当时伏尔泰和自以为是的上流阶级代表组成了邪恶联盟，从幕后指挥着煽动性的宣传活动。由于未能把卢梭送上断头台，因此针对卢梭的这一系列信函，伏尔泰用一本名为《一个公民的情感》的小册子来回应，谴责他是一个亵渎神灵的骗子和谎话连篇的混蛋。伏尔泰并没有以他自己的名义做这一切，而是以一个狂热的加尔文主义牧师的风格匿名行事。文章里这么说道，人们既为之羞耻又为之可悲，并且被迫得出这样的结论：卢梭这个人身上依然有着放荡不羁的致命迹象，他穿着演员的戏装拖着那个可怜的女人走过一地又一地、一山又一山，他安葬了她的母亲，他把她的孩子遗弃在育婴堂的大门之外，他借由这些行为背弃了一切自然情感，正如他同时也剥夺了自己的所有荣誉和宗教信仰。伏尔泰在其职业生涯的其他阶段中并不完全以真正信仰的捍卫者自居，因此很难理解为什么他会用这种方式激烈地反对卢梭，也不知道他为什么要带着他的仇恨持续不断地迫害卢梭。唯一可能的解释是他不能忍受自己的名声在这颗于文学天空中冉冉升起的新星光芒底下黯然失色。没有什么能够像文学家们在背后相互评论的刻薄狠毒那样亘古不变。然而无论当时情况如何，伏尔泰公开的攻讦和他在幕后导演的阴谋最终使得卢梭连塔威山谷也不能留住下来。蒙莫林至少曾经有段时间对卢梭怀有好感，但如今他越来越多地受到他纳沙泰尔和日内瓦同僚的影响，当1765年9月初韦尔德兰侯爵夫人来莫蒂埃拜访卢梭并在那里参加星期日礼拜仪式时，蒙莫林借《旧约·箴言》第十五章中的一句经文做了宣教，说一个不信仰上帝的人参加祭礼对于主而言是可憎的行为。哪怕是那天在莫蒂埃教堂现场的信众当中最愚笨的人都不会怀疑这番煽风点火的宣教是针对谁的。所以，如今卢梭一出现在小巷里就会被愤怒的民众指责和辱骂，在同一天晚上还有人向他居所的阳台和窗户扔石块，这些事情并不那么令人惊讶。日后卢梭在《忏悔录》里面写道，当时在塔威山谷中，民众把他当作一匹患有狂犬病的狼一样对待，当他经过疏落村屋的其中一间时就会间或听到屋里有人叫喊：给我把枪拿来，我要打死他！

卢梭9月9日到达圣彼得岛，和这些糟糕的日子相比，这座岛对他来说确实就好像一个天堂般的小世界，在那里，他相信自己能够在安宁中静下心来，这样的安宁，就像他在《一个孤独的散步者的梦》中《第五次散步》开头写的那样，只有长空鹰唳、鸟儿啼鸣和山溪潺潺才能够打断。在岛上逗留期间，卢梭得到了乘务员加布里尔·恩格尔和他的妻子萨洛梅的照顾，他们夫妻俩雇了几个仆役经营着一家庄园，后来日内瓦议会斥责他们毫无顾忌地接纳了这名逃亡者。然而，就像《第五次散步》使我们相信的那样，1765年9月和10月，卢梭在岛上肯定不是那么孤独。就像在莫蒂埃一样，这里也有源源不断的拜访者来打扰他，他常常会通过一扇活板门逃避访客，今天人们还可以在他房间看到这扇门。在收获的时节，大批来自比尔和周边地区的人在岛上忙忙碌碌，这里也没有像卢梭日后

回忆的那样完全平静的时刻。然而我们能够很好地体会，在经受了莫蒂埃的遭遇之后，他现在相信在恩格尔夫妇的照护下他能够在岛上轻松度过两年、两百年或者一辈子的时间。至少我，当我在入住的第一天傍晚散完步穿过暮色回来之后一个人坐在餐厅里时，有着几乎同样的感受。屋外，夜幕落了下来，屋里，我被一种友好的光晕包围着，旅店的主管对我关怀备至，他时不时来到我的桌边，查看是否一切正常，或者看看是否我要再点些什么东西。这位主管，雷格利先生，那天晚上穿着一身杏色的西服在室内走来走去，像是在奇怪地飘浮着，他让我觉得是彬彬有礼的真正模范，

后来有一次我看到他坐在他的小办公室里，听见他正好在打电话，是的，当然，他一直都在那儿，你了解我，永远忠于职守，这个时候他完全折服了我。

即便在岛上，卢梭也没有中断过写作，尽管他在《第五次散步》里面声称他要用一切方式逃离写作。撇开越来越频繁的书信往来不谈，这几个星期里面，他都在忙着编辑他一百年后才会出版的《科西嘉宪法草案》，他将其写在两本笔记本中，它们今天被保存在日内瓦图书馆。卢梭在《社会契约论》里面随便写了几句，说一个智者想要在一份宪法草案中告诉处于自由斗争、反抗热那亚人统治过程中的科西嘉人应该如何设置他们的国家制度，这一评注促使马蒂厄·布塔福科造访莫蒂埃并请求这位哲学家亲自承担这项任务。支持科西嘉人反抗异族统治的热情当时在欧洲各地都很高涨，而作为祖国之父，科西嘉将军帕斯卡·保利为所有渴望看到更好的制度的人树立了典范。我们在荷尔德林的作品以及黑贝尔

的阿勒曼尼语诗歌中都遇到过他，里面说的是一个坐在路边的乞丐："我在黑暗的夜晚／守卫着劳登的帐篷和旗帜／我曾和帕斯卡·保利／和科西嘉龙骑兵一起服过役。"卢梭以为自己有所预感，在他的想象中，科西嘉的图景也从一开始就具有传奇的特征——"有一天，这个小岛会震惊欧洲"，尽管他并不知道这条预言如何在五十年后以一种令人恐怖的方式成为现实。他认为科西嘉有可能实现一种秩序，它能够避免他感到自己被禁锢于其中的社会弊端。他对城市文明的反感促使他把务农耕种作为真正好的和自由的生活的唯一前提介绍给科西嘉人。任何等级制度从一开始就应该通过一种以州民大会为出发点、各方面建立在平等原则基础之上的法律制度来规避，类似于瑞士联邦中部各州的情况那样。除此之外，卢梭还建议科西嘉人为了货物交换而取消货币经济（而保利当时已经在科尔特设立了自己的铸币厂）。在彼得岛上起草的这一整个科西嘉方案因此就是一个梦，在这个梦里，日益倾向于商品生产、贸易和私人财产的积累的欧洲资产阶级社会被预言将会重返更加纯真的时代。卢梭和他的追随者都不能消除这种回溯性的乌托邦与注定要走向悬崖边缘的进步之间的矛盾。当时对于卢梭而言，没有什么比一处安全的避难所来得更加紧迫的了，因此他也不能下定决心前往科西嘉，从中我们就能够充分看出我们的欲望与我们对于理性生活的考量之间的裂隙是多么巨大。虽然《伯尔尼杂志》已经报道说他将会接受这个地中海岛屿的最高行政长官一职，但是事实上，他的名声是在当时高雅世界的沙龙中形成的，他不会想要回到一个在他看来还未开化的世界，就像他在《忏悔录》里面记述的那样，因为他在这样的世界中缺乏最最简单的生活舒适感。不得不穿越阿尔卑斯山，携全副家当——"日用织物、衣服、餐具、厨房用品、纸张、书籍，"他这样写道，"所有这些东西都要随身携带。"——走两百英里，这样的路途简直让他感到恐惧。人们给他提供住所和收入的地方是韦斯科瓦托，这是一个建筑密集的小城镇，高高耸立在卡斯塔尼恰一个朝东的陡峭斜坡上。它在18世纪并不是一个无关紧要的地方，而且原本可以成为他的住处的菲利皮尼之屋也不像他可能担心的那样寒碜。我在到达彼得岛的几个月之后，前去拜访了这座屋子。从楼上的窗户往下看，可以看到一个陡峭的峡谷，即使在夏末，那里依旧海水澎湃。在更远处可以看见一团冒着微光的蓝色，当中无法分辨大海以及海面上升腾起来的水汽。在这座小城的四周坐落着一些梯田，今天它们已经荒废了，但在当时却果树繁茂，结着橘子和杏子以及田里常见的各种水果。在四周更远的地方，也就是连绵起伏的小山丘上，那时是稀疏的橡树林，卢梭可能带着他的狗在那里散过步。谁又会知道，如果他在那里远离文学的忙乱和虚伪，挨过余生，他是否还能保持健全的理智，因为后来，至少有段时间内，他几乎完全丢失了这种理智。

尽管卢梭这样的作家在他待在圣彼得岛上的几个星期内根本不会无所事事，但他却在回忆中把这段时间看作一种把自己从文学活动的需求中解脱出来的尝试。他谈到他现在追求的是别的东西，不再是文学名望了，正如他所说，文学名望的气息一钻进他的鼻子他就觉得恶心。现在卢梭面对文学所感受到的厌恶不仅仅是一种暂时的情绪反应，它一直伴随着他的创作活动。在卢梭的原始自然状态[1]学说中，他把具有思考

---

[1] 关于如何设想原始人类的自然权利和原始社会的自然秩序这一论题，不同时期和不同国度的思想家有不同的观点。卢梭认为自然状态中人类纯洁天然，没有受到文明的侵蚀，他把文明看作人类思想道德腐化败坏的推手，把原始自然描述成为理想国，本质上体现出他对当时社会的阶级差异等诸多不平等现象的不满。

能力的人类看作变了种的动物，把反思称作一种精神能量的退化形式。当资产阶级用一种博大的哲学和文学耗费宣布其解放要求时，没人能够像卢梭那样清楚地认识到在这个时代中思想的病态一面，他除让他脑子里转动着的轮子停下之外别无他愿。如果说他还在坚持写作，那么就只是为了，正如让·斯塔罗宾斯基指出的那样，迎来某个时刻，在这一刻，笔将会从他手中掉下来，本质的东西将会在和解和回归的无声拥抱中得以表达出来。人们也可以不那么英雄主义，但肯定完全恰当地把写作视为一种不断自我推进的强迫行为，这种行为证明作家也许是所有遭受思想折磨的人当中最难治愈的。卢梭早年以及最后在巴黎孜孜不倦地抄写的乐谱对于他来说是为数不多的一种祛除如云雾般持续不断在他脑子里酝酿的思想的可能性。此外，卢梭对他自称在圣彼得岛比尔湖畔度过的美好时光的描述也显示了停止思考活动有多么困难。工作负担，他在《第五次散步》中说，被他有意摆脱了，对他而言最大的愉悦就是不把书从箱子里拿出来，手里不用拿笔或者其他书写工具。不过因为空闲的时间需要利用起来，所以卢梭现在投入到植物采集研究中去了,这项工作的基本知识是他在莫蒂埃的几年中和让-安托万·德·伊夫诺瓦一起进行学术考察的时候学会的。"我打算,"《第五次散步》里面这么写道,"写一本《圣彼得岛植物志》,描述岛上的一草一木,一个也不遗漏,而且要写得尽量详细,好以此来打发我的时光。听说有一个德国人为了写一块柠檬皮就写了一本书,而我则要对草地上的每一种禾本植物和树林中的每一种苔藓以及岩石上的每一种地衣,都要一个一个地写一本书;总之,无论是一株小草也好,一粒种子也好,我都要详细研究,一个也不放过。按照这个美好的计划,我每天早晨吃完早饭后,便一手拿着一个放大镜,一只胳臂下夹着一本《自然分类法》,信步走到岛上的一个地方去调查。为了做好这个工作,我还特意把这个小岛划分成好几个小区,以便在每个季节里一个一个地去研究一番。"[1] 这段话的中心主题与其说是不偏不倚地观察生长在这座湖岛上的植物,不如说是秩序、等级和完整的体系。由此一来,即便是不进行任何思

---

1 译文参照李平沤译本(《一个孤独的散步者的梦》,商务印书馆,2012年)。

考而仅仅观察自然这种看似最最清白的活动、这种有意识的计划，对于这位受到思考和工作需求长期折磨的文学家来说也变成了一种奢侈的理性主义项目，它涉及的是编制清单、目录和索引，是精准的描述，比如玄参的长雄蕊，荨麻和墙草的弹动，凤仙花果实和山毛榉荚果的爆裂。无论如何，他给马德隆和朱莉·德·拉图尔以及其他年轻女性制作的小植物标本图册与他平时所忍受的自我毁灭性的写作事务相比显得像是无害的拼装[1]。这些花草标本上

---

[1] "拼装"一词源于法语"bricoler"，最初由列维-斯特劳斯在《野性的思维》中提出并引入人类学范畴。它意味着一种适应性行为，在此过程中，行为者（拼装者）利用可供使用的资源解决问题。列维-斯特劳斯将具有计划理性的工程师与即兴行动的拼装者进行了对比，他们都会用一种已经存在的结构去覆盖观察到的世界，两者之间不存在显著区别。因此对于列维-斯特劳斯而言，拼装者和工程师只不过是西方传统思维方式和当时被视作原始民族的思维方式的隐喻。

仍然笼罩着一层无意识之美的模糊辉光，它们中的地衣、婆婆纳小枝、铃兰和秋水仙都是从18世纪留存下来的，它们被挤压过，有点褪色。如今人们还可以在卡纳瓦雷博物馆和装饰艺术博物馆欣赏到它们。顺便说一下，卢梭为他自己制作的包含十一册的四开本植物标本直到二战前都被保存在柏林植物博物馆里，它们在之后的一次夜间大火中被烧毁，就像这座城市中的许许多多物件毁于夜火一样。

卢梭只有在好日子里划船去往宁静的湖泊深处，才会体验到真正不同于工作和学习——这也指园林研究的工作——的地方。"我躺在船上仰望天空，"我们在他描写岛上生活的章节中可以读到，"听任小船随风漂荡，爱漂到哪里，就漂到哪里。有时候，我在船上一躺就躺好几个小时。"在大自然中笼罩着他的穹顶那清明的澄净使人不禁想起《新爱洛伊斯》开头描写的瓦莱山脉，此处的风景揭开了低矮浓重的气氛的面纱，里面蕴含着一种超凡脱俗的气质，而且人们在其中会忘记一切，包括自己，很快就不再知道身在何处。"风景最纯净的瞬间，"让·斯塔罗宾斯基研究过卢梭的"透明"主题[1],他写道,"同时也是个人的存在溶解在其边界并梦幻般地转变为稀薄空气的瞬间。"根据斯塔罗宾斯基的观点,自身毫无保留地变得透明是这位现代自传发明者的最高抱负。这种雄心的标志就是水晶,斯塔罗宾斯基写道,人们不知道它到底是"一个纯净态的身体抑或相反是一个凝固的灵魂"。面对这种在炼金术和形而上学之间来回摇摆的背景,斯塔罗宾斯基指出卢梭在他的《化学构造》中对玻璃制作过程投入了极大的注意力,并且从这本书里面引用了一段话,当中卢梭谈到了一位名叫约翰·约阿希姆·贝歇尔[2]的人,他是1669年出版的《土质物理学》一书的作者,他并不是从矿物王国中提取出他制作玻璃的矿

---

[1] 1957年,日内瓦学派代表人物让·斯塔罗宾斯基在其博士论文基础上修订出版了《透明与障碍》,该书是卢梭研究的经典之作。"透明"与"障碍"是斯塔罗宾斯基从卢梭文本中提取的一对核心概念,他在序言中写道:"正是在与一个不可接受之社会的冲突中,内在体验方获其独特功能。进一步来看,只有在同外部现实的一切令人满意的关系均告失效的地方,专属于内在生命的那片领地才得以被界定。卢梭渴望心灵的沟通与透明,然而他在这份期待中受挫了。于是,他选择了相反的道路:接受乃至挑起障碍,这障碍使他得以退隐到逆来顺受的状态以及对其清白无辜的确信之中。"以上参见汪炜译本(《透明与障碍》,华东师范大学出版社,2019年)。
[2] 约翰·约阿希姆·贝歇尔(Johann Joachim Becher,1635—1682),德国医生和探险家。原文塞巴尔德将姓写成了"Becker",实则应为"Becher"。

土的，而是从植物和动物的灰烬和遗骸中。"他认定，"关于贝歇尔，卢梭这样写道，"它们含有一种可以熔化的、能够制作成玻璃的矿土，人们可以用它来制作花瓶，比最美丽的瓷器还要美丽。他借助他严格保密的生产流程进行了实验，这些实验使他相信人类是由玻璃构成的，就像所有动物一样可以重新变回玻璃。这促使他饶有兴趣地去思考古人为焚烧他们的死者以及为尸身防腐做出的努力，思考古人如何保存他们先人的骨灰，如何在数小时之内用令人反感、恶心的尸体制作成干净、泛着光泽的花瓶，它们脱胎于美丽的透明玻璃，这种玻璃不像植物制成的玻璃那样稍带着绿色，而是呈现出奶白色，带有一种淡淡的水仙花色调。"臆想尸身能够变性为一种纯净的、所谓摆脱了过往的物质，卢梭可能也觉得这种物质是真正的艺术生产的一种寓言，然而在他思想的最后阶段，如斯塔罗宾斯基所写，这种臆想退化成了"消灭光明的一种粉碎行为，它使得凡俗世界简化为暗淡、没有差异、模糊的群体。对立的时刻不能调和：让－雅克的透明僵化了，外面的黑夜凝固了。面纱也变得黏滞了；它不再是稀薄、漂浮着的分离之物，而是笼罩在它曾经掩藏的世界上空，意图今后把世界锁进一张黑暗之网"。

当卢梭在10月25日离开圣彼得岛的时候,还有十几年充斥着惊惧和恐慌的岁月在等待着他。他在比尔逗留了几天,比尔当时属于巴塞尔采邑主教的领地,一些市民希望他至少能够有权在那里度过冬天。第一晚他被安顿在白十字旅馆,然后在名声不佳的假发制作者马塞尔那里找到了一个住处,从房间里可以眺望臭烘烘的鞣革坑。其他迹象也不那么有利。在实际控制着比尔话语权的伯尔尼人的影响下,市政府的若干成员发声反对为这位无国籍的流亡者提供栖身之处。因此29日卢梭就已经再次上路了。他从巴塞尔给泰蕾兹·勒瓦瑟写信,这位女士二十年前就开始照顾他了,还和他生了五个下落不明的孩子。他告诉她说他发烧、喉咙痛、有心脏病。对他来说唯一的慰藉就是那条名叫苏丹的狗,它在乡村道路上像信使一样在马车前面跑了三十英里,现在,卢梭写道,它躺在我伏案工作的桌子底下,在我的大衣上睡着了。10月31日,卢梭离开了巴塞尔市,离开了瑞士,就像自传最后一页写的那样,永远离开了"这片杀人的土地"。他现在决定接受前往英国避难的提议。给他签发的护照允许他在行程中途经法国并且在斯特拉斯堡和巴黎停留,那里的所有人闻风前来一睹他的风采,当地盛行着一种卢梭热,以至于大卫·休谟也利用他的参赞职位替卢梭说情,他写信给休·布莱尔说他敢在法国首都于两周之内通过认购方式为卢梭筹集五万英镑(这在当时是一笔巨款),只要卢梭允许他这么做。休谟写道,社会对他如此感兴趣,人们已经不怎么谈论摩纳哥王妃或者埃格蒙伯爵夫人,都在饶有兴致地谈论他的女仆勒瓦瑟,说她只是一个没有受过教育的女人。"他的那条狗,还比不上一匹小马,"休谟再补充道,"居然都在社会上享有盛名和声誉。"[1] 1766 年 1 月初,卢梭动身前往英国。在那里,因为独自身在异乡,他越来越受到潜伏在他体内的迫害妄想症的折磨,这种症状由于流放而加剧。他的心情在沉郁沮丧和过度兴奋之间摇摆。一位名叫 J. 克拉多克的先生在他 1828 年于伦敦出版的《文学杂忆录》里面写道,卢梭,尽管几乎不懂英语,但是却在一次应加里克先生之邀去看戏的时候,因为当晚演出的悲剧而伤心痛哭,又因为紧接着上演

---

[1] 原文为英语。

的喜剧而哈哈大笑,以至于他完全不能自已,所以"加里克夫人不得不抓住他长袍的下摆,以防止他从包厢里掉下去"[1]。休谟自己也曾有机会来观察这种情绪的骤变,当时卢梭满腹疑惑地来找他,在他的房间里一句话不说,阴郁地来来回回走了一个小时,然后就突然坐到他怀里,亲吻他的脸颊,流着泪向他保证对他永存友谊和感激之情。接着没过多久,他觉得休谟也像是诡计多端的密谋者之一,企图破坏他的生活和名誉。这种沉默的注视,在《新爱洛伊斯》里面表现为灵魂的和谐,而此刻他却觉得是威胁。在充满敌意的环境里,他被他的恐惧卷入无休止的阐释活动里,对于他来说,他在每个和他面对面的人的举动中发现的最细微的起伏都是一种证据,证明这个人参与了针对他策划的密谋。"生活在充满迫害的世界中,"让·斯塔罗宾斯基写道,"这对于让·雅克来说就是感觉到自己被禁锢在一个相互交织的符号构成的网络中。"恐惧状态间或会稍稍缓和。在德比郡的伍顿,他在一座乡墅里找到了栖身之处,这座乡墅是理查德·达文波特的产业,他

---

[1] 原文为英语。

是一位高雅的老先生，卢梭是在伦敦的一次聚会上认识他的。在乡墅里卢梭体验了一小段时间的宁静，并再次开展植物研究活动，还写出了《忏悔录》里面一些最美妙的章节。但这里的一切也很快扭转成不悦，尤其因为达文波特自己不住在这座屋子里面，不能参与调停渐渐出现的误解。泰蕾兹和仆人吵架，他们不愿意被这位来历不明的法国女人呼来唤去，春天的时候，矛盾激化了，因为达文波特的女管家给这两位客人端上了一碗撒着烟灰和炉渣的汤。卢梭越来越相信，即便他不加干预，他生活中的每一个举动和每一个变化也都会引起种种后果和一连串后续事件，它们会脱离他的掌控，使他成为处处密谋反对他的敌人的俘虏。当他在1767年5月初离开伍顿返回法国的时候，他从林肯郡的斯波尔丁，一个坐落在无边的卷心菜和甜菜地中间的荒凉之地，写信给卡姆登大法官，请求给他配备一位警卫，这样的话他就能安全、准时地到达多佛尔。返回法国之后，卢梭和泰蕾兹同住了三年，他们经常使用假名，住在偏僻的贵族宅邸，比如诺曼底的特里城堡，或者住在小城镇，比如遥远南方的布古安或者蒙昆，总是被不法分子的阴影笼罩着。1770年，在不发表涉及政治和宗教问题的文章的条件下，他获准居住在首都，并试着通过抄写乐谱在那里维持生计，然而包围着他的病态气象再也不能消融了。"孩子们的鬼脸，"斯塔罗宾斯基写道，"市场里豌豆的价格，石膏窑街上的小店，所有这一切都宣示着同样的阴谋。"尽管如此，卢梭还是做成了一些事情。《忏悔录》告成，它的作者在不同的沙龙里一次次地诵读里面的段落，这些诵读有的持续了十七（！）个小时，并且从某种意义上来说提前实现了弗朗茨·卡夫卡的愿望，也就是允许在注定要倾听的听众面前不受干扰地朗读整部《情感教育》。卢梭之后还写了一些有关植物学和波兰政府的其他文字，还有那部所谓的《对话录》，在书里

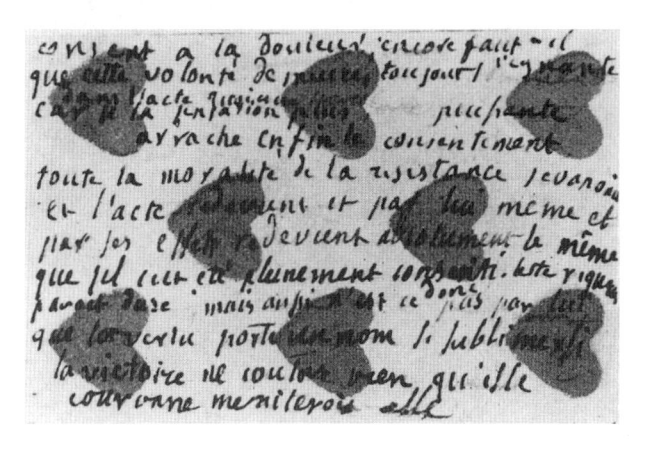

面,卢梭是以让-雅克的法官身份出现的[1]。在最后两年,他在散步的时候把笔记记在小卡片上,《一个孤独的散

---

[1] 《对话录》是卢梭晚年的重要作品,由三段对话组成,书中人物是"卢梭"和一个被称为"法国人"的对话者,他们就"让-雅克",也即作者本人的职业生涯进行了评判。

步者的梦》由此辑录而成，这本书是他在1780年4月写完的。在这之后，卢梭就离开了巴黎，搬进了埃默农维尔公园里吉拉尔丹侯爵给他提供的一所小房子。初夏时分，他还在那里住了五个星期。他随日出而起，拄着他的拐杖在美丽的周边地区散散步，收集一些花朵和树叶，有时候还会划船去离岸边不远的湖面上。7月2日——现在他六十六岁了——他从他常去的一条林荫道散完步回来之后就头痛欲裂。泰蕾兹扶着他坐在沙发上。因为中风发作，他随即从沙发摔倒在地上，身体微微蜷曲，死了。两天后，他被葬在埃默农维尔的杨树岛上。侯爵在接下来的几年里把他的领地改造

成了一座纪念公园。他让人竖起了一座古典的墓碑，建造了一座瑞士风格的小屋，建立了一座哲学圣堂和一座供奉梦想的祭坛。甚至那间小屋，卢梭曾经常坐在屋前的长椅上望着这片宁静的土地，也被完整地悉心存留下来了。现在，这座公园是一处朝圣地，有不少女士在岛上的墓前俯下身，把胸贴在冷冷的石头上，而石头下面安息着卢梭的骸骨，直到 1794 年 10 月 9 日这些骸骨被迁葬到了巴黎先贤祠。一支乐队在这个值得纪念的日子演奏了歌剧《乡村占卜师》中的选段，

那口衬了三层铅、又覆裹了一层铅罩的橡木棺材从地下被抬了起来,在一支浩浩荡荡的送葬队伍的伴随下被运往了巴黎。沿途的村庄里到处都站着呐喊的民众:"共和国万岁!让-雅克·卢梭万岁!"10月10日傍晚,火车到达了杜伊勒里,大批民众举着熊熊燃烧的火把在那里等待着他。画着革命标志的木框覆盖着这具棺材,人们把它放到由柳树围成的半圆中间的棺架上。主祭仪式是在第二天早晨,送葬队伍再次出发前往先贤祠,队伍由美国海军的一位上校带领着,他举着星条旗,跟在他身后的是另外两位旗手,他们分别举着法国三色旗和日内瓦共和国国旗。

我不知道
我为什么悲伤

短文一篇以纪念默里克

1822年,当爱德华·默里克作为学生来到蒂宾根的时候,时代已经变了。一年前,那位使欧洲各地天翻地覆的皇帝在南大西洋不毛之地的一座岩石岛上悲惨地死去了,他的戴着红色弗里吉亚帽[1]的先驱也早已从历史舞台上消失。革命的烈火现在只在吓唬小孩子的时候才被唤起。透过他们惊恐的眼睛我们再一次看到火光在窗户后面闪烁跳跃,再一次看到它如何破门而入,而火焰从屋架窜上来并把我们的房子烧成废墟。不过在这可怕的回忆结束之时,人们会说,一切都已经过去很久,纵火者也已经不在人世:

不久之后一位磨坊主找到

戴着便帽的骷髅一架

笔直地在地下室墙上凭靠

骑着枯骨的牝马:

火焰骑士,你多么冷静地

奔向你的孤坟!

嘘!他化为了灰烬。

---

[1] 又称自由帽,在法国大革命时期广泛流行。

安息吧,

安息吧

在磨坊的地底！[1]

对于年轻的默里克来说，如果革命的惊恐已经是传奇的历史，那么拿破仑时代的收官之作，比如莱比锡战役和滑铁卢战役，则无疑成了他自己的记忆的一部分，这两场战役他在小时候肯定听说过不少，而在摆脱了法国人的统治后，实现人民主权的希望也成了他那个时代正在抬头的意识的一部分。默里克在1821年认识的那位狂野的韦布林格尔[2]就是这种意识的最佳见证者，因为他关于革命的创作还持续了很长时间。尽管被神圣同盟[3]国家用重拳统治了将近十年，民族起义的梦想还是没有破灭。当然，1812年划的清晰界线早已变得模糊。对未来的设想越来越混乱，蒂宾根神学院

---

[1] 节选自默里克的《火焰骑士》（*Der Feuerreiter*）一诗。

[2] 指威廉·弗里德里希·韦布林格尔（William Friedrich Waiblinger，1804—1830），通常被称为"狂野的韦布林格尔"，默里克曾和他一起在蒂宾根神学院学习。在他身后的1844年，默里克出版了他的诗作。

[3] 由俄国、普鲁士和奥地利于1815年组成的国家联盟，英国和法国于1818年加入，1853年，它随着克里米亚战争的爆发而终结。

学生的想法也扭转成了由革命爱国主义和资产阶级式谨慎、浪漫情怀和两手打算、政治激情和诗性狂热构成的极端德式混合体，在其中，进步元素和反动元素几乎无法分辨。"一方面，人们与拜伦、韦布林格尔和威廉·米勒……一样对希腊人民反抗土耳其压迫的自由斗争热情高涨，另一方面人们却寻找……角落里的幸福。"霍尔特胡森[1]在他研究默里克的专题论著里面这样写道，在这一背景下他也想起了鲁道夫·洛鲍尔的水墨画，上面画着他和他的朋友们正在"蒂宾根的一座花园凉亭里面狂欢痛饮、吞云吐雾，他把这座凉亭布置成丽池公园的风格"。在这幅画里明显可以感觉到那些年月在入世和退隐之间摇摆不定的气氛，画上五个年轻男子聚集在一盏灯的亮光下，身着当时流行的对当局表示反叛的奇装异服：既有旧时代的德式风情，又有新时代的奔放意趣，开领宽袖的衬衫，文艺复兴时期的贝雷帽和其他一些夸张的便帽，络腮胡、凌乱的发型以及那种古怪的镍框小眼镜，它们显然一贯是爱好阴谋诡计的知识分子的标志。人们并不能轻

---

[1] 汉斯·埃贡·霍尔特胡森（Hans Egon Holthusen，1913—1997），著名的默里克研究者。

易地说当时流行的秘密组织风格是否真的代表了一种好战的自由主义，或者说这种风格只是装腔和作秀，但是如果人们推测解放战争的革命脉搏从1820年起就在烟草的雾气和啤酒带来的极乐中开始跳动起来，大概也是没有问题的。在德国，几乎整个19世纪，定期的聚餐会友都取代了议会。也许正因为如此，还未满十八岁的默里克就已经从自欺欺人的先锋派人士对杀

害柯策布[1]的凶手桑德的颂扬中听出了虚假的调子。他自然从一开始就比大多数人更具有听天由命的倾向。恰好是在这种倾向上，他代表了一代人，他们仍受到一种英雄时代的气息的感染，准备进入彼得迈耶[2]的无风区，在这个区域中，市民的私人生活比公众生活更重要，花园篱笆被认为是将自身视为宇宙的家庭世界的边界。

室内的宁静，以及平和的家庭氛围向周边环境的延展，这是彼得迈耶时期的画作中一再重复出现的主题。一间布置了简单家具的小房间，墙壁泛着柔和的绿色，云杉地板被洗刷得干干净净，孩子们在玩桌上撞柱游戏[3]，鸟笼中养着一只大鹦鹉或者长尾小鹦鹉，

---

[1] 奥古斯特·弗里德里希·费迪南德·冯·柯策布（August Friedrich Ferdinand von Kotzebue，1761—1819），多产的德国剧作家，尤以写作感伤的流行剧闻名，并担任过多种文学和政治的刊物主编。柯策布或因长期在俄国沙皇宫廷供职，被具有民族自由主义倾向的神学专业大学生卡尔·路德维希·桑德（Carl Ludwig Sand）当作民族敌人谋杀，后者是学生社团中的一名激进成员。这起谋杀事件导致时任奥地利帝国首相克莱门斯·文策尔·冯·梅特涅（Klemens Wenzel von Metternich）出台了包括大学法、新闻法等四项法律的"卡尔斯巴德法令"，该法令限制了学术及其他方面的自由。
[2] 指德意志邦联诸国从《维也纳条约》签订的1815年至爆发资产阶级三月革命的1848年间的历史时期，现则多用以指文化史上的中产阶级艺术时期，当时流行一种逃避政治、沉醉于个人家庭生活、追求艺术闲情逸致的倾向。
[3] 用小球撞倒九根柱子的桌面游戏。

《萨尔茨堡风景画》,布面油画,尤利乌斯·朔佩创作于 1817 年

窗边坐着一位年轻女士，窗外的港口或者再远一点的地方停靠着一艘帆船，在矮树篱和田野的那一边，是维也纳森林的边缘，是被人驯服的自然。尤利乌斯·朔佩创作于1817年的《萨尔茨堡风景画》在前景中展现了坐在观景长椅上的一小群男士，即这位艺术家和他的同伴们，就像洛鲍尔的蒂宾根朋友们一样，他们身着的奇装异服可以让人明显看出是民族进步的追随者。然而，就这片归置得熨帖的风景而言还有什么能够被改变的地方呢？以绿色的枝条为取景框，上面覆盖着阳光明媚的穹窿，这是一幅完美的图景。一层淡淡的阴影笼罩着观景平台下方仿佛英式草坪一样的田地，两个渺小的身影走在通往艾根城堡的路上，后面的平原在太阳底下闪闪发光，一颗颗球形的小树给一条长长的林荫道镶上了边，在城堡下面，城市的塔楼和房屋微光闪亮，整座城市被蓝色的群山围成了一道弧形。在默里克的笔下，从本普夫林根[1]高地看，阿尔布河与一道奇妙的蓝色玻璃墙别无二致，在河的后面，

1　位于埃姆斯河谷埃斯林根县的一个地区，几乎整个本普夫林根都坐落在埃姆斯河和奥特姆特河谷地之间，该地区有爱德华·默里克步行道和埃姆斯河谷山地骑行道贯穿而过。站在本普夫林根高地，可以将施瓦本地区阿尔布河沿岸全景尽收眼底。

"就像人们小时候听说的那样，坐落着萨芭女王的蜗牛花园"[1]。观者如果盯着这个安全地划定了边界的"世界图绘"[2]看上好一会儿，那么也许会认为，有人拨停了这里的钟表并且说道：现在世界就应该永远保持这样不变。彼得迈耶的想象世界就是一件被移放到玻璃罩下的完美微型摆设。其中的一切都屏住了呼吸。如果我们把它倒转过来，就开始飘起小雪。然后又会是春天和夏天。人们想象不出更好的秩序。不过，在这看似永恒和平的两边是对变化得越来越快的时代所孕育的混乱的恐惧。当年轻的默里克开始写作时，世纪之交的变革已经在他身后，而在前方的地平线上，工业化进程的恐怖也已经映现出来，即由资本积累触发的动乱和犹如铸铁般强硬的新国家力量为了集权耍弄的招数。施瓦本地区的静默主义[3]被默里克所推崇，从整体上看它和彼得迈耶艺术一样，是预感到灾难结局即将来临而触发的本能防御机制。实际上，当时的日常

---

[1] 出自默里克的《斯图加特的善心小矮神》(*Das Stuttgarter Hutzelmännlein*)。
[2] 《世界图绘》(*Orbis Pictus*)是首本绘有插画的儿童教科书，于1658年出版，主题涵盖动植物、自然、人类社会等多个方面。
[3] 指忍受现实，回避反抗行动，转而奉行无为思想，不通过政治或者军事等方面的手段来寻求现状的改变。

生活远远不如今天艳羡地观察彼得迈耶田园生活的人所想象的那样安全。在格里尔帕策[1]、莱瑙[2]和施蒂夫特[3]描写的家庭故事中，到处都有不幸的深渊以及对破产、名誉败坏和跌落出原有阶级的恐惧。小孩子在多瑙河溺水身亡，兄弟坐牢、进疯人院、自杀或者身患梅毒。默里克十三岁的时候，他父亲就因为中风去世了，最迟从那以后他就知道资产阶级社会的生活是多么艰辛，后来他辞去了牧师一职，自此就从未远离过破产的边缘。他的疑心病，经常让他遭受痛苦的忧郁情绪，消沉的意志，他经常提及的乏闷，不明的沮丧，麻痹现象，突然无力，眩晕，头痛，他一再感觉到的对不确定性

---

[1] 弗朗茨·格里尔帕策（Franz Grillparzer，1791—1872），奥地利剧作家，奥地利古典戏剧的奠基人。其戏剧创作融汇了奥地利巴洛克戏剧宏大而色彩斑斓的传统、维也纳大众戏剧滑稽而清新的风格、德国古典戏剧和浪漫派戏剧的艺术美学特色、西班牙古典戏剧场面的跳跃，为奥地利戏剧文学带来了特殊的艺术色彩，尤其是在采用现实主义手法表现人物心理方面颇为见长。

[2] 尼古劳斯·莱瑙（Nikolaus Lenau，1802—1850），奥地利诗人。早年在维也纳大学、普雷斯堡大学和海德堡大学学习法律、哲学和医学。1822年开始创作，1832年发表第一部诗集，1844年后精神失常。其诗作具有革命民主主义倾向，多讴歌自由和民主，反抗教权和暴政。

[3] 阿达尔贝特·施蒂夫特（Adalbert Stifter，1805—1868），奥地利小说家，被认为是彼得迈耶文学的重要代表人物。其作品中对自然的描写不仅具有一种独特的风格，而且是其表达深层思想的重要媒介，细腻隽永的文笔中蕴含了人与自然这一辩证关系的深刻含义和对乌托邦式的和谐秩序的向往。

的恐惧，所有这一切不仅是他的忧郁性情所表现出来的症状，也是一个日益由职业道德和竞争所决定的社会所带来的精神后果。有时候他状态非常差，走来走去"就像一只受到惊吓的鸡"或者"一个什么都可以让他哭起来的笨小孩"。默里克在他1843年递交给国王威廉一世的辞呈里描述了他上一次参加洗礼仪式的时候突然之间感觉很糟糕，"以至于我自己和一起做礼拜的教徒们都认为我要晕过去了"，而这之前他已经在晨祷布道时向邻座的一位牧师寻求过帮助了。默里克的软弱无力尤其是对当时在德国已经得到巩固的权力的反应。面对这样的权力，他越来越难以公职人员甚至诗人的身份面对国家坚持自我。在生活中，他逐渐从艺术创作的劳顿中抽身出来，忙着修改他的小说，做做翻译，写点幽默的东西和一长串即兴诗：它们或刻在一只洛尔希花盆上送给了沃尔夫的妻子，或为感谢有名的申塔尔腌黄瓜配方而献给了康斯坦策·哈特劳布，或为应邀出席斯图加特音乐厅落成庆典而作，诸如此类，在此期间他可能经常担忧他正常的写作思路会中断，担心他不久后也许会坐在床上，就像之前他父亲中风之后那样，手颤抖着握住笔，寻思着合适的文辞却又找不到只言片语。

默里克从一开始就受到内心焦虑的困扰和经济方面的限制，在他辞去牧师一职之后的三十多年中也是如此，据我所知，除了两次去博登湖边的旅行、一次出境去巴伐利亚的考察之外，他从来没有离开过自己的家乡。路德维希堡、乌拉赫、蒂宾根、普弗卢默恩、普拉滕哈尔特、奥克森旺、克莱沃苏尔茨巴赫、施瓦本哈尔、尼尔廷根、斯图加特和费尔巴赫，这些都是他在那个已经被铁路狂热、股票投机、高风险信贷交易和普遍扩张主义所控制的时代中去过的地方。彼得迈耶的宁静偏僻之地就像一个违背发展的白日梦，像一扇彩绘屏风遮挡着一个正在发生根本性变化、面向各个方面开放的世界。作为年轻人，默里克只有一次远跨符腾堡王国的边界，那就是在他虚构奥普利特的时候，这是幻想出来的远在南太平洋的一个仙岛，天生适合作为歌剧素材。这一创作的灵感与其说来源于当时已经被人遗忘的高贵野蛮人[1]的理想，不如说预示了默里克几乎要见到的时代，彼时帝国的新首都柏林

---

[1] 文学作品中对外族、原始人的理想化描写，象征着未受文明腐蚀的人与生俱来的善良。这一概念多见于18和19世纪的浪漫主义作品中。

建造了带有小花园的城郊聚居点，给它们起的是诸如"快乐和睦""易北河东岸""阿尔卑斯山区""布尔农场"这样的名字，有这样的名字不仅要感谢从埃施河一直延伸到贝尔特河[1]的统一祖国，而且也源于对德占非洲和德占塔西提岛的殖民主义希望。当默里克在克莱沃苏尔茨巴赫或者施瓦本哈尔写作的时候，社会状况和维度正在不可预测地发生着推移。当得克萨斯领事馆在斯图加特种满葡萄的山区为自己建成一座别墅时，符腾堡王国变得不合时宜，人们不得不学习站在大局进行思考，碑铭主义从一个十年到另一个十年越来越肆无忌惮地上演，为此制作微缩模型的工作被抛弃了。默里克的艺术练习并没有受到这种发展趋势的动摇。

1　源自德国国歌《德意志之歌》（*Das Deutschlandlied*）中的第一节，其歌词由自由主义诗人奥古斯特·海因利希·霍夫曼·冯·法勒斯雷本（August Heinrich Hoffman von Fallersleben, 1798—1874）创作于1841年，彼时德国尚未统一，境内的38个邦国和自由市构成一个松散的德意志邦联。第一诗节中的马斯（今默兹河）、默默尔（今尼曼河）、埃施（今阿迪杰河）和贝尔特河分别为当时德意志民族在西、东、南、北四个方向上存在天然聚居点的界河，其中埃施河源头在意大利，贝尔特河在丹麦。1922年《德意志之歌》被定为德国国歌。在纳粹统治时期，纳粹党认为这首歌很契合他们的扩张思想，因为第一节诗中的四条河被视为德意志第三帝国领土扩张的最小范围。第二次世界大战后的1952年，西德政府将此曲定为国歌，但除第三段关于统一、正义和自由的歌词以外，其余几段歌词可能引起争议，因此未被采纳为官方版歌词。1991年，该诗的第三段被正式确认为统一后的德意志联邦共和国国歌歌词。

《画家诺尔顿》是一次大规模的尝试，它在数百页的篇幅中展开了极其复杂的情节。年轻的艺术家特奥巴尔德·诺尔顿，比吉特·迈尔在她的介绍性著作中写道，"通过他从前的仆人维斯佩尔认识了成功的艺术家蒂尔森，并且在事业方面获得了（他的）提携。通过蒂尔森，诺尔顿得以进入策尔林伯爵的社交圈子，当时他因为——听说——未婚妻阿格内斯对他不忠而感到受骗，所以爱上了伯爵的妹妹康斯坦策。命运的进程从此展开。和阿格内斯的关系首先被吉卜赛姑娘伊丽莎白编排的阴谋破坏了，但是演员拉尔肯斯——表面上——以诺尔顿的名义用一条反间计把这段关系维

持住了。康斯坦策在发现这些事情之后离开了诺尔顿，这时小说达到了反面的高潮。诗歌、皮影戏和田园风景构成了不稳定的对立面以舒缓危急情节，但却不能阻止危险的发生。在后续的情节发展过程中，所有人物都愈来愈卷入秘密而又悲剧的相互依赖之中，最终没有一个人能够幸存下来。"这份有意极为精简的内容概要几乎不能体现出堆积在书里的情感和社会的错综复杂，但是仅凭它，我们就已经可以察觉到默里克会在这种塞满了各种旁枝末节、次要故事、人物和插曲的创作中迷失自我。如果说他那双近视的眼睛经常在最细小的事物中发现让人意想不到的奇妙，那么当他观察更为宽广的全景时，他的视线就变得浑浊不清了，而且他为他的角色所构思的命运变化也在情节剧中渐渐消失了。"钟刚刚敲过十一点。策尔林宅邸中的一切都已经变得平静，只有伯爵小姐的卧室还可以看到亮光。康斯坦策穿着白色的睡衣，独自坐在床边的小桌前忙碌着，她散开她的秀发，取下耳环和细长的珠链——它总是把她的脖子装点得这么妩媚动人。她把珠链挂在小指上对着灯光把玩，若有所思，如果我们看得没错的话，她现在心里想着的人正是特奥巴尔德……她不安地站起身，不安地走到窗边，让星光璀璨的壮丽天空用它所有的预兆、用它所有的庄严照应她的灵魂。她对那个男人的爱，从起初微弱的搏动一直到整个意识的惊愕状态，从她的感觉已经变成思念、变成渴望的那刻起一直到极其强烈的激情的巅峰——所有这一切都让她再次思索，所有这一切都让她觉得不可捉摸。"紧接着这段略微可疑的章节之后描写了诺尔顿"不可抗拒的炽热"，描写了爱情"极其甜蜜的酝酿过程"，它令伯爵小姐在回忆洞穴场景时完全"笼罩在欲望之中"，描写了"掌控一切的命运的母腹"，描写了"热烈的感激之情"和"最为真挚的请求"。默里克心中可能存在的选择性亲和之激情已经悄悄发生变化，它令人疑惑地接近了来自上层圈子的低级趣味小说，在他为他的叙事舞台所设置的公园和花园背景之间，这位施瓦本地区的牧师有些阴沉地徘徊着，很遗憾，他和这样的贵族环境一点都不搭，他漫无目的的模样一如可怜的舒伯特在《罗莎蒙德》[1]或者在《三个

---

[1] 剧乐《塞浦路斯公主罗莎蒙德》（*Rosamunde, Prinzessin von Zypern*），原为德国女剧作家海尔敏·冯·谢济（Helmina von Chezys）所作的四幕话剧，讲述的是罗莎蒙德公主的不幸遭遇和最后完满成婚的故事；1823年在维也纳歌剧院上演，舒伯特应邀为之配乐。全剧乐共四个篇章，许多音乐片段轻盈流畅，是在舒伯特身后经常上演的音乐作品之一。

女孩之家》[1]中表现的那般。和默里克一样，舒伯特的戏剧和歌剧创作计划也失败了，他原希望能够借此获得快速的成功，并至少暂时摆脱对朋友们的经济依赖，就像默里克的天才笔触散落在诗歌中那样，舒伯特的神来之笔也最有可能出现在他室内音乐的细微转变中，比如他最后一部钢琴奏鸣曲第二乐章的开头，或是套曲《美丽的磨坊女》中《可爱的颜色》一曲，还有那些真正的《音乐瞬间》，半音阶开始闪烁出不和谐的光芒，一个意想不到的、甚至错误的转调突然让听者丧失了希望或者转悲伤为慰藉。大多数情况下，人们会看到舒伯特和摩拉维亚[2]的乡村音乐家一起四处游走。他为了资产阶级文化节目所要求的高雅艺术而费心劳力，相比之下，他在他们中间感到更加自在。此外还有一幅默里克的画像，画像上的他看起来就像是这位维也纳音乐家的同胞兄弟。他们两人，一个眺望着施

---

[1] 仿制的维也纳式轻歌剧《三个女孩之家》(*Das Dreimäderlhaus*)的故事源自1912年鲁道夫·汉斯·巴尔驰（Rudolf Hans Bartsch, 1873—1952）的小说《蘑菇》(*Schwammerl*)，当中虚构了舒伯特的浪漫生活。最初的配乐中只有一首舒伯特创作的曲子，即套曲《美丽的磨坊女》(*Die schöne Müllerin*)中的《焦急》(*Ungeduld*)。
[2] 位于今捷克共和国东南部，因起源于该地区的摩拉瓦河而得名。

瓦本地区的苹果园，一个在希默尔普福滕地区[1]，同时在努力发展一种创作形式，想要在已经消散了一半的残存旋律中模仿本真的民族调性，但事实上这种调性从未存在过。

---

[1] 维也纳过去的一个地区，舒伯特出生之地，字面意思为"天堂之门所在地"（Himmelpfortgrund），因天堂之门修道院（Himmelpfortkloster）的旧址而得名，其于1783年被解散。现在位于维也纳第九区阿尔泽格伦德区。

于是我羞怯的凝睇，
被远方所逼迫，
仍陷在分别之夜里
那快乐的悲愫。

你蓝色的眼睛好似
我面前幽暗的大海，
你的亲吻，你的气息
你的耳语仍在我这徘徊。

我的脸哭哭啼啼
掩埋在你的脖子里，
我眼前紧紧密密
漂浮着一团黑紫。[1]

我们作为听众总是犯的错误在于，我们推测在这些旋律的奇迹当中，语言和音乐援引了它们的自然遗传特质，而事实上就这一点来说它们是最不自然的人

1　出自默里克的诗歌《车上的早晨》（*Früh im Wagen*）。

工造物。这样的创造所需要的东西，仍是一个远远没有搞清楚的秘密。肯定要有不同寻常的娴熟技巧，从而能够进行最为细微的调整和修正；此外，我想，还需要持久的记忆，可能还需要一定程度上爱情幸福的缺乏，而这似乎恰恰就是那些为我们写就最美诗文乐句的人的命运，比如默里克和舒伯特，比如施蒂夫特、凯勒和瓦尔泽。

在默里克所有的作品中，瑞士流浪女子佩蕾格丽娜频频出现不是没有道理的，因为那时候这位年轻的诗人不敢和她在一起，他让她"默默无语"地走开，"走进一个灰色的世界"，他这样悔恨地写道。因为顾及资产阶级社会的规则而被迫对爱情不忠，这是佩蕾格丽娜组诗的主题，其回声一再于四处响起，默里克因为这样的不忠而受到了惩罚，他一生都被母亲、姐妹、女友、妻子和女儿们包围着，被关进一个全是女性的家庭，而这样的家庭只不过是对所有男人本质上都渴望的母系社会秩序的恶意戏仿。我感觉，这里讲的就是《美丽劳的故事》[1]，劳是水妖，原本栖居在多瑙河三

---

[1] 默里克于1853年创作的童话故事，讲述了悲伤的水妖如何在蓝瓮中再次学会微笑。

角洲，后来被流放到乌尔姆附近的蓝瓮[1]，她有着柔顺的长发，身体各部位就像是一个自然的女子，"除了手指和脚趾之间长着蹼，白得像盛开的花，比罂粟花的花瓣还要娇柔"。这个童话故事中掺杂着许多古怪的、近乎超现实的施瓦本方言词汇，比如"Schachzagel""Bartzefant""Lichtkarz""Habergeis""Alfanz"[2]，在故事里面，蓝瓮附近的修女院旅店店主、胖胖的贝塔·塞索尔芬女士是母权制的主要表现人物，她"（被证明是）漫游途中的年轻男学徒们……真正的养母"。在她的花园里，"秋天，斜坡上挂满了金灿灿的大南瓜，一直垂到池塘边"。旁边就是修道院，修士们相互为伴。有时修道院院长会出来散步，看看女店主是不是在她的花园里。故事里有一次，他出来散步时发现她在蓝瓮中洗澡，然后对她行了亲吻礼，吻得"如此热烈，连教堂的小塔楼都发出了回响"，四周皆响起了声音，斋堂、马厩、鱼铺、洗衣房，在各种各样的盆桶之间

---

[1] 位于乌尔姆附近布劳博伊伦的湖泊，因地处施瓦本地区的阿尔卑斯山，湖水较深，水底的石灰成分会散射大量蓝色的光，所以这片水域常常闪耀着蓝色的光芒，由此得名"Blautopf"（蓝色的锅）。
[2] 意思分别为"棋盘""仆人""围炉转圈""陀螺""优势"。

回荡。显然在这里，合适的人走到了一起。无论如何人们很容易就可以想象出默里克所描写的巨大声音意味着什么样的行为，即便他自己为了体面隐去了主要情节而只是说院长被弄出来的声音吓坏了，跌跌撞撞地迅速逃走了。这两个壮实的人在乌尔姆的湖边经历的童话般的幸福爱情把我们带回到了一个遥远的时代，那时女人和男人还没有一对一对地结合在一起，而只是偶尔出现在异性的天空，有点像月亮，人们并不是一直都会看到它。

美丽劳的故事，正如人们所知，是一个小戏中戏，它嵌套在另一个讲述斯图加特的鞋匠学徒的故事里面，这位小伙有一天离开了他的家乡，"首先，"故事里说，"去了乌尔姆。"故事围绕着这样一个情节展开：赛普把善心小矮神送给他的两双魔法鞋弄混了，其中一双，叙述者向我们透露，"是福佑一位姑娘的"，因此在整趟旅程中他走起路来都非常吃力。直到他回到斯图加特的家中，搞混的鞋子才穿在和它们相匹配的脚上，就像自发的那样，幸福地成双成对，一双在他那儿，另一双则在女孩伏隆娜那儿。结果，在狂欢节上，这两个受到小矮神提携的施瓦本孩子没有事先练习就能够在大批斯图加特民众头上的高空表演特技，非常勇敢，"似乎他们从小就会走索"。他们所有的动作，叙述者向我们说道，"看起来……就像是他们（得以）随着音乐美妙地交织在了一起"。"赛普，"故事里继续说，"在跳舞的时候不再看那条狭窄的绳索，更不往下看民众，他只看着那位姑娘……（而）现在当他们两人在中间会合时，他握住了她的双手，他们静静地站着，亲密地看着对方；人们还看到他和她说了几句悄悄话。然后，他突然跳到她身后，两人在舞蹈中背对着彼此，朝相反的方向大步走开了。到达分叉杆时，他停了下来，在空中挥舞着他的帽子，发自肺腑地喊道：'最仁慈的女士们先生们万岁！'——然后整个集市都齐声呼喊万岁[1]，喊了三声，依次向着每个人。在一片喧闹声和混乱的号声、鼓声、喇叭声中，赛普跑向在对面另一根分叉杆边的伏隆娜，紧紧把她搂在怀里，当着众人的面亲吻了她。"两个摆脱了重力的生命在社会蜷伏其中的深渊之上所跳的舞蹈满足了短暂的情色幻想，在这样的幻想中，一个长久以来一直缺少幸福爱情的

---

[1] 原文为拉丁语。

人在他生命相当晚的时期再次想象，如果他当时和那个（所有人都说）美丽、神秘得出乎寻常的流浪女子玛丽亚·迈耶尔私奔了，并且选择了另外一种不正经的营生，而不是写作这种不怎么具有可替代性的恶习，这种一旦开始就几乎无法摆脱的职业，那么一切会是怎样一幅不同的光景呢。于是我们看到默里克最后在一个炎热的仲夏日和他妻子那边的亲戚们一起坐在花园里，他是唯一一个手里拿着书的人，而且对自己作为诗人的角色不太满意，他可以从牧师一职退休，却离不开诗人这个身份。和以往一样，他还是得劳心费神创作他的小说和其他文学作品。但是这项工作多年以来已经不再有真正的进展。画家弗里德里希·佩希特在对那个时代的回忆中讲述了他有几次观察到默里克在特殊的纸片和纸条上记下他脑子里零碎的想法，但不久之后这些草稿就"被撕成了小碎片，然后放进了他睡衣的口袋里面"。

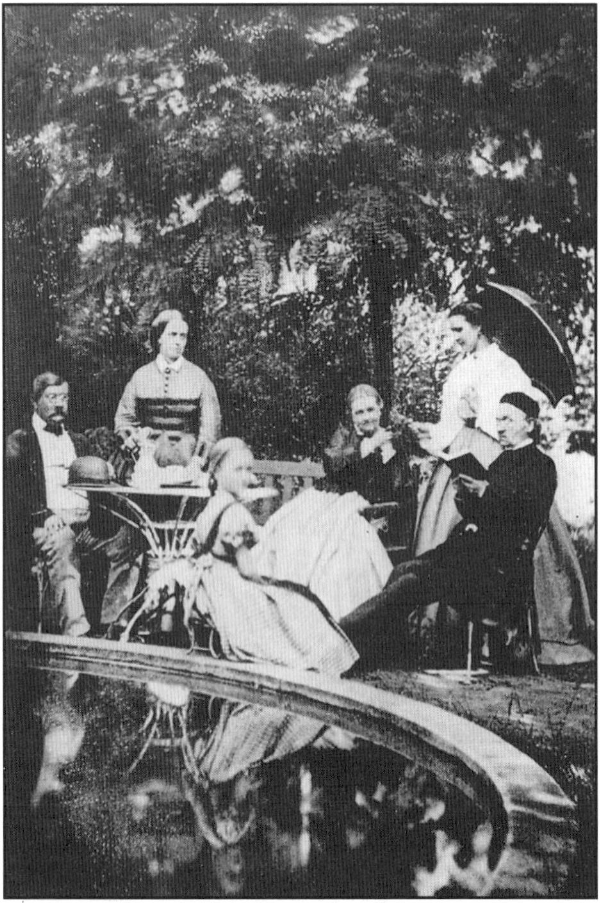

死亡来了
时间去了*

戈特弗里德·凯勒述评

在19世纪的文学作品当中没有一部像戈特弗里德·凯勒的那样清晰地展现了直到今天依然决定着我们生活的发展路线。当他在1848年三月革命之前开始写作时，关于达成一份新的社会契约的希望之花正在美丽绽放，人民主权的实现依然值得期待，与之后的真实历史不同，一切都有可能是另外一种样子。然而，共和主义当时已经略微丧失了英勇的品质，抱团心理和地方的狭隘态度在多地思想自由的人们中间蔓延开来，对此，内斯特罗伊[1]用他的诙谐进行了无情的报复。1845年约翰内斯·鲁夫创作的彩色讽刺画展现了一支组织良好的志愿军，这并不是一份政治极端主义的档案。这里画的壮汉中只有两人拿着武器，另一个人很可能是为了壮胆，手里拿着烧酒瓶，而那个像老鼠一样的旗手腋下夹着一本账簿，他的旗上绣着

---

* 似源于巴赫BWV. 27《谁知道何时是我的末日？》（*Wer weiß, wie nahe mir mein Ende?*）第一段中的一句唱词"时间走了，死亡来了"。BWV. 27由巴赫创作于1726年10月6日，其中第一段唱词由虔诚的基督徒埃米莉·尤利亚妮（Aemilie Juliane，1637—1706）写于1695年。被分类在BWV. 1-224这一区间的，是巴赫的康塔塔作品，即巴赫的德式宗教清唱套曲，足见这一类型的重要性。

1 约翰·内斯特罗伊（Johann Nestroy，1801—1862），奥地利最伟大的喜剧作家之一、演员。其作品多用维也纳方言，并夹杂大量双关语和警句。

整个运动的主题,一个溢出泡沫的大啤酒杯。在中间敲着鼓的那个矮个子男人是诗人本人,他把自己打扮成戴着大礼帽的奇怪的平民鼓手。总的来说,这个场景包含着一些明显平民化的、难以言说的东西。很难想象这五位英雄此刻正向着街垒行进。在图片左上角标注的"向右行进"大概也不是巧合。从某种意义上

来说，这个场面的滑稽已经预示了革命的失败。1850年，当凯勒在柏林创作《绿衣亨利》的第一版时，普鲁士人早就已经把进步和自由思想从每日议程上取消了。资产阶级放弃了他们的政治抱负，从那时起，只专注于自己的商业利益，必要时还能在下班之后热心于别国的独立斗争。然而，正如阿道夫·穆施格[1]写的那样，从北德的立场来看，瑞士毕竟可以被视为"欧洲进步的避难所"和"在其他地方遭到背叛和被迫流亡的民主的故乡"。在这里，穆施格写道："随着3月而来的是立宪的5月，在这里——这以外只有美国和英国也如此——经济和政治自由主义成了支撑国家运作的力量。"1850年代中期，凯勒回到苏黎世并得以近距离研究这个模范国家，尽管他无条件认同人民主权的基本原则，但是他偶尔也会质疑一些事物的运作方式，即便在这样一个能够保障个人和政治自由的国家里，并且随着时间的推移这种质疑越来越强烈。在19世纪突出的德语作家中，除了年轻的毕希纳，凯勒也许是唯一一个对政治理想和政治实际有稍许了解的人，根据这种了解，他认识到私欲和公利的分歧越来

---

[1] 阿道夫·穆施格（Adolf Muschg, 1934— ），瑞士德语作家，曾获毕希纳文学奖。

越大，认识到正在形成的工薪阶层事实上已经被排除在刚刚通过斗争得到的公民自由和权力之外，认识到共和国这个名字，就像《马丁·萨兰德》[1]里面写的那样，有可能变成一块石头，而政客们却把它当作面包给了民众，认识到即便在中产阶层内部也被迫进行着交换，人们对政治产生倦怠的同时也在这个资本主义不受管制的阶段不断感受到对维持生活水平的忧惧。从不可思议、颇有争议的起源到启蒙运动、博爱主义、自信公民的时代再到形成首先关心如何保护其财产的中产阶级，可以说，凯勒对资产阶级的发展历史进行了综合性概括，这尤其体现在一些著名段落中，裁缝温采尔·斯特拉频斯基[2]在哥尔达赫城里的街巷中闲逛，满

---

[1] 凯勒出版于1886年的长篇小说《马丁·萨兰德》（*Martin Salander*）描写了社会上的贪污腐化、投机倒把、虚伪欺骗等现象，表明凯勒对当时瑞士的民主社会、对资本主义制度的通病已有了一定程度的认识。

[2] 出自《人恃衣裳马恃鞍》（*Kleider machen Leute*），凯勒中篇小说集《塞尔德维拉的人们》（*Die Leute von Seldwyla*）第二卷中最著名的一篇。主人公温采尔·斯特拉频斯基是塞尔德维拉的裁缝，他因失去工作而开始流浪。途中他误打误撞被一辆豪华马车的车夫带到邻近小城哥尔达赫。他衣着考究，举止文雅，因此被当地居民误认为是波兰伯爵，受到盛情款待。当身份被揭穿，与他订婚的哥尔达赫城行政长官的女儿涅特馨不顾亲人的反对和舆论的重压，依然决定和温采尔结婚。这对新人婚后凭借自己的努力，过上了幸福而富裕的生活。本书相关译文参照田德望译本（《乡村的罗密欧与朱丽叶》，解放军文艺出版社，2005年）

是惊奇地读着一座座房子的名字。朝圣者之杖、天堂鸟、女水妖、石榴树、独角兽、铁盔、铠甲、十字弓、蓝盾、瑞士匕首，这些都是老房子的名字。然后是用美丽的金字刻的和睦、诚实、善意、希望、公正和国家繁荣；而在工厂主和银行家新建的别墅上则刻着从题诗册里选出来的充满幻想色彩的名字，比如玫瑰谷、紫罗兰山和青年花园，或者一些可能意味着带去了大量陪嫁的名字，比如亨丽埃特谷或者威廉明妮堡。在这座被叙述者称为一个道德乌托邦的小城里，将我们更高的理念具体化的过程能真真切切地从不动产的墙壁和门槛上看出来，在这里，这位手指被扎伤的裁缝感觉非常陌生。当温采尔站在十字路口透过树梢向闪着迷人光芒的金色塔顶望去时，他知道，保障幸福和享乐的财富之反面就是人们很容易丧失的自由，当然还有辛劳、困苦、贫穷和黑暗。这样的幽灵在凯勒的作品中随处可见。凯勒由于父亲去世早早就对物质匮乏非常熟悉，当他回首过去的时光，母亲基本上只能通过省吃俭用来勉强维持生计的情形对于他而言变成了一贫如洗的生活的象征。"三年多前在我离开之后的第二天，"亨利这样写道，"我母亲就立即改变了她的生活方式,并且几乎把它变成了一种不靠任何东西为生的艺术行为。她发明了一道独特的菜,一种黑色的汤羹,她年复一年、日复一日地于中午在小火上煮这种汤羹,这把小火也同样不靠任何东西燃烧,就让一堆木头永远续着。工作日的时候她也不铺桌子了,因为她就一个人吃饭,不是为了省去麻烦,而是为了省下洗桌布的费用,她把她的小碗放在一张总是干干净净的简单草席上,然后把她那把磨损得只剩下四分之三的汤勺浸入汤羹,准时祈求仁慈的上帝,请求他将每天的面包同样赐给所有人,尤其要赐给她的儿子。"凯勒在这里描述的不靠任何东西过日子的艺术,几乎都已经搭上神圣和传奇的边了。然而,正如编排得很精微的讽刺笔法所表现的那样,它并没有反对如今支配一切的资本增长原则,而是恰恰体现了这些原则,即便是在最为低浅的水平上。凯勒不得不亲身体验通过苦行而节省下来的钱是如何被作为债务转嫁给下一代的,他对自由放任[1]经济的批判由此点燃,不过他的批判超出了任何个人的怨恨,针对的是随着流通的货币

---

1 原文为法语。

迅速增长而变得越来越大的普遍性腐败的危险。我们在小说《马丁·萨兰德》中可以看到，萨兰德这位农民离开了他祖传下来的土地来到城市，在城里，土地和股票投机、抵押和诈骗盛行，就像象鼻虫和霍乱一样，每天都有一批一批的聪明人变成傻子，傻子变成无赖。"Weidelich"[1] "Wohlwend"[2] "Schadenmüller"[3] 这些半寓言式的人物代表了一整个阶级，他们如今正在迅速捞取的财富和突然到来的毁灭之间摇摆，面临着陷入一种迄今为止形式未知的犯罪行为的危险。在小说的结尾，马丁·萨兰德讲到了一个男人，这个男人在理发店里说，在他修胡子的时候，有不止四个要好的熟人从窗外的人行道上经过，"他们每个人现在都有一个亲戚在蹲监狱。修一次胡子的工夫，"这个正让人修着胡子的男人继续说道，"这也太多了些。然而，他显然没有看到所有路过的人，因为理发师每时每刻都在借着他的鼻尖或者下巴把他的脸拨到一边。他也许看漏了

---

1 该词似由"Weide"（草地，牧场，柳树）和形容词词尾"lich"构成。
2 该词似由"Wohl"（健康，幸福）和"Wende"（转折）构成。
3 该词似由"Schaden"（损失，伤害）和"Müll"（垃圾）或"Müller"（磨坊主，磨坊工人）构成。

一些人，或是没有认出他们来，因为窗户上的蓝色铁丝网稍稍模糊了人影。"根据这段插曲我们可以大概想象一下当时苏黎世败坏的社会环境。上文所暗示的国民的蒙昧以及窗户上的铁丝网就已经足够不祥了。也许更加深刻的是变得具有毒性的资本主义对自然环境的影响。小说《马丁·萨兰德》的第一页就已经告诉我们"在土地上进行着无休止的建造活动"，告诉我们现在人们在徒劳地"寻找从前的小路的踪迹，它们曾经在草地和花园之间遮天蔽日、绿意盎然地向着山丘上延伸"。小说稍后写到了那些高大的树木，它们以前矗立在紧挨着萨兰德家的一块地上，如今只剩下了孤零零的一棵悬铃木。"从前屋前和旁边这些漂亮的树现在究竟都到哪里去了？它们的主人，那个傻瓜，是不是叫人把它们给砍了，还是把它们给卖了？"马丁·萨兰德在离开很长一段时间后再次回到了家乡，这样问到他的太太，她用下面的话向他解释了这件事情："有人从他那里拿走了这块地，或者确切地说，逼他把这块地变成了工地，因为另外一些土地所有者修建了一条不必要的马路。现在路在那里，而所有的绿荫都消失了，土地变成了砂石地，但是没人来买这块工地了。"

萨兰德听了之后说："这些人真的是流氓，他们为了自己把气候给破坏了。"人们几乎可以认为是在读昨天报纸上的一篇报道。凯勒这么早就认识到了资本的病态增生会不可避免地引发自然界、社会和人类情感生活中通常不可修复的损害，这是他不小的成就。

弗里德里希·恩格斯在他1884年出版的著作《家庭、私有制和国家的起源》中提出了这样一种观点：在我们的历史记忆之前，在一个被神话笼罩的远古时代，从一妻多夫制的母系社会到一夫一妻制的父系社会的转变是由个人财产的积聚决定的，而财产只有在一夫一妻制的体系中通过排除一切疑虑的家世血统才得以继承。与这一如今在许多方面依然尤为可信的论点相一致的是，凯勒——至少我们可以这么说——用人与人之间的关系还没有通过金钱来调节的旧时代图景来对抗在19世纪下半叶像野火一样迅速蔓延的高度资本主义。有一次在回忆童年的时候，绿衣亨利说他小时候经常待在一个堆满了各种能想到的破旧杂货的昏暗大厅里。当凯勒得以放任自己对旧物的热爱，他一如既往地也在此处用不可比拟的方式描绘了大厅里如何层层叠叠、挨挨挤挤地堆满了无数过时、没用、奇怪的东西，以及桌子、床和各种各样的设备，描绘了在这座高大山脉的高原、陡坡，以及有时在危险而孤独的山脊上，这里有一台装饰华丽的钟，那里有一尊蜡质的天使，它正在过着静谧的死后生活。与持续流通的资本不同，这些正在黯淡的东西已经退出了流通领域，早就失去了它们的商品属性，某种意义上已经永垂不朽了。这个废品帝国的统治者和灵魂人物是一个上了年纪、穿着旧衣服的胖女人，她总是坐在她商场昏暗深处的同一个地方，毫不起眼，从那里管理着一个头发灰白的小个子男人和一大群在大厅里来来往往的其他下属。她总是穿着雪白的衬衫袖，以一种艺术性的方式打着褶，人们在其他任何地方都看不到这种打褶方式。不仅是这一点让她有点像一个女祭司；她的男店员和男客人在她的扶手椅前走过来走过去的方式也表明了她本人代表着公正和秩序。我们读到，她就像一个总督或是修道院院长那样，"人们为她奉上形形色色的赠品；把各种各样的农作物和水果、牛奶、蜂蜜、葡萄、火腿和香肠带给她，这些东西构成了舒适、富裕生活的基础。"几乎不认得什么字，也没有学过用阿拉伯数字做算术的玛格丽特夫人在她的大桌面上用一小支柔软的粉笔和不超过四个罗马数字写着她那本并不存在的书,她的方式是设置长数列,然后借助复杂的转换方法把小数字组成的大数转换成大数字组成的小数,凯勒的这段描写非常精彩。她的数字系统,叙述者说,在其他任何人看来都像是一种古代异教徒的符文,事实上,让玛格丽特夫人对基督教真正感兴趣的主要是嵌入其中的伪经和宗派主义者的臆测,她所代表的社会发展阶段远比她那个时代所达到的要早得多。因此,资本的概念对她来说也是完全陌生的。她获得的增值收益以及生活费以外的花销,都被她从钱包里面拿出来换了黄金然后保存在宝箱里。她并没有想过让资本为自己工作。虽然她有时也借钱给别人,但是她并不会放贷以收取利息。因此在她的杂货商店里面,我们离凯勒强烈抱怨的货币市场对其同胞的经济和道德观产生的影响还很远。凯勒在描写旧货店店主玛格丽特夫人时将物物交易置于牟利生意之前,在这种偏好中,他对身边急速发展的极度厌恶得以表达出来。此外,基督徒几个世纪以来因犹太人发明了货币交易而怀恨在心,凯勒却在这个打算对前资本主义时代表示怀念的故事中给了犹太人一席之地以示尊敬,这也是凯勒写得特别巧妙的一笔。晚上，当旧货店关门之后，玛格丽特夫人的住处就变成了一间旅店，不仅获得她容许的当地人，流动商贩也可以来投宿，比如拖着他们的货物从一个地方走到另一个地方、某种程度上还可以说像过着游牧生活的犹太小贩，在放下沉重的货担之后，他们不说一句话也不写一个字，把他们的钱包交给女店主保管，然后就站在炉灶边煮咖啡或者烤鱼。如果其他在场的人偶尔说起希伯来人的不端行为，说起绑架儿童、向井里投毒，甚至玛格丽特夫人自己也声称她曾经看到不知停歇的阿赫斯维[1]从他过夜的施瓦岑贝伦那里离开，这时犹太人只会仔细听着这些吓人的故事，对此善意而文雅地微笑，并不会被激怒。犹太人以微笑来应对无知基督徒的轻信和愚昧，凯勒为我们保留了这样的微笑，其中包含着真正的宽容，这是受到压迫、勉强隐忍不发的少数族裔对那些决定他们命运转变之人的宽容。宽容思想随着启蒙运动而得到宣传，在实践中却总是打了折扣，与犹太人熟习的仁厚相比，只是一个模糊的幻影。而且

---

[1] 基督教传说中的人物，永远流浪的犹太人。

在凯勒笔下，犹太人和资本的胡作非为也没有关系。他们辛辛苦苦穿越一座座乡村为自己挣来的钱财并没有立刻又被投入到货币流通中去，而只是暂时被放到一边，由此，像玛格丽特夫人保管的财富那样，变成了一种传奇的资产。在凯勒笔下，真正的财富总是通过千辛万苦白手起家创造出来的或者像余晖那样照着大地。虚伪的财富是肆意生长、不断进行再投资、败坏一切优良天性的资本。凯勒很早就警告过人们资本的诱惑性，人们可能想问，他会对在他死后不到两代人的时间里瑞士银行所做的可疑生意说些什么，当那笔倾注了犹太人无法估量的苦难的财富作为洗礼礼物用以培育二战后的瑞士儿童时，他又会对此说些什么。

犹太人的历史在凯勒的作品中也还以其他的方式反映着他们生存于其中的民族的历史。政治动荡和资本市场的膨胀制造了至少与暴发户一样多的失败者，出于这两点原因，在整个19世纪，被迫移民和散居生活的德国人和瑞士人的数量不断增长。他们离家之远，一如旧货店店主旅店里的犹太客人。因此在费迪南德·库恩贝格[1]的移民小说中,德国人也被叫作美国犹太人。只有在异域他乡,他们才会明白被隔绝和被轻视是什么感觉。1848年革命失败之后仅巴登地区就有八万人前往美国,这说明了那个时代的移民活动不只是个别绝望的人或者爱探险的人的事。凯勒对这一社会问题的探究比他同时代的大多数文学家更加准确、更加富有同情心。亨利·雷[2]在国外亲身经历苦难的同时,他的舅父在家乡去世了,舅父的孩子们早已散落在拥挤混乱的军用公路上,就像雷带着他特有的讽刺所说的那样,他们用小车拉着孩子走在路上,一如从前犹太人走在旷野之中。然后还有一个著名的场景,就是亨利列队站在演兵场上,想转身,却只能眼睁睁看着载着移民的车经过,在车上与其他女人一起坐着的,可能是他的母亲、姐妹和爱人。这一章的标题是《尤蒂特也走了》,它紧接在安娜的葬礼之后,这说明尤蒂特的离开对于那些留下的人而言就好像一场死别。

---

[1] 费迪南德·库恩贝格(Ferdinand Kürnberger,1821—1879),奥地利作家,因政治原因于1849年至1856年间流亡德国。这里的移民小说应指其发表于1855年的长篇小说《厌倦了美国的男人:美国文化图像》(*Der Amerika-Müde. Amerikanisches Kulturbild*)。

[2] 即绿衣亨利。

事实上在那个时候，离开的人回乡通常说来和逝者复活一样罕见。每一个像马丁·萨兰德一样在巴西成功发家致富的人的身后，是一大群在咖啡种植园工作的人，他们从来凑不够返乡之行的路费。就连萨兰德也为自己的成功付出了不小的代价。或者我们只需要想一想年轻的未婚瑞士女性，就像我们从康拉德或纳博科夫的自传体著作中了解到的那样，她们中的许多人只能在远离她们家乡的地方找到保姆或者家庭教师的职位。让我们想象一下她们的孤寂：她们住在乌克兰或者圣彼得堡郊外的某片庄园，她们的时间在那里一年一年地流逝，当傍晚时分站在房间的窗边向外望去，有一瞬间，她们也许会觉得看到了白雪皑皑的阿尔卑斯山上的云彩。比如让凯勒示爱无果的年轻姑娘路易丝·里特就在巴黎和都柏林的一位医生家里待了很长时间。其他还有多少人，至少包括瓦尔泽的兄弟姐妹在内，天知道他们流落到了哪里。对凯勒本人而言，慕尼黑和柏林的时光足以教会他流亡的苦涩。因此，《绿衣亨利》中占据了比一整章的篇幅还要多的《故乡之梦》充满了同等的美丽和恐惧。他看到自己挂着棍子走在路上，远处，在一条长得没有尽头、与自己的路相交叉的路上，他看见他早已死去的父亲，背着一个沉重的背囊。流亡，正如凯勒所描述的，是这个世界之外的一种炼狱。到过那里的人，他的家乡对于他而言就会变得永远陌生。当绿衣亨利在梦里终于再次回到家并与儿时的心上人手牵手踏上台阶的时候，他发现自己所有的亲戚都聚集在屋里，有舅父、舅母、表兄弟和表姐妹，生者当中也有逝者。他们无一例外都带着愉快、友好的表情，然而这样的欢迎仪式却一点也不让人安心。奇怪的是，在场所有人都拿着长烟斗抽着很好闻的烟草，这可能是一个象征，表明在这个中间界流行着不同的习俗。他们一刻也停不下来，必须不断上上下下、前前后后地走来走去，他们中间的各种动物，猎犬、貂、鹰和鸽子，在低处的地上走着与人相反的路线，人和动物的这种行为方式，这种独特而又急躁的活动也可能表明，可怜的死者惶惶不安，对他们的命运感到不满。结束流亡回乡就像流亡本身一样等于过早地遭遇死亡，凯勒当然也试图在其他段落战胜他的这种恐惧，比如在流浪者的幻想中绿衣亨利就向我们阐述了他是怎样穿过夜晚的德国朝着家乡走去的。"我穿过一些小树林，越过一些田地和牧场，"

雷写道,"远远地路过一些村落,从路上遥遥望见这些村落的模糊的轮廓或者微弱的灯光。到了午夜时分,我走过广阔的村有田地时,大地深锁在寂寥中;布满徐徐移动的星辰的天空却更加生气盎然,因为看不见的一群一群的候鸟的振翅声和喧鸣声,响彻了高空。"[1]

这段文字的突出之处在于,凯勒的散文无条件地致力于描写一切生机勃勃的事物,在触及永恒的边缘之时达到最为惊人的高度。谁如果走上凯勒这条用一句句优美的话铺成的道路,那么他就会一次又一次地在战栗中感受到两边的深渊有多深,感受到日光如何因为从外面远处投射进来的阴影而不时变得暗淡,甚至如何常常在死亡的气息之下近乎消失。在凯勒的作品中有很多段落都可以证明他是具有转瞬即逝的巴洛克气质的诗人。我们只要想一下在绿衣亨利的行李中崔汉那漫游的髑髅,想一下格莱芬塞的地方长官[2]桌子上的骷髅雕像,想一下作家对收藏的狂热,这种狂热促使他在几乎所有的故事中都安排了小宝箱,就像17

---

[1] 本书相关译文参照田德望译本(《绿衣亨利》,人民文学出版社,2020年)。
[2] 凯勒的同名作品《格莱芬塞的地方长官》(*Der Landvogt von Greifensee*)中的主人公。

世纪的自然博物标本室和珍宝柜那样，宝箱里面并排放着与众不同的遗物——比如一颗"雕刻着耶稣受难像的樱桃核；一个用红色平纹缎做底垫的透花镂雕的象牙盒子，里面有一面小镜子和一枚银顶针；还有……另外一颗樱桃核，里面有一套微型桌上撞柱游戏在格格作响；一颗核桃，如果人们把它打开，就会看到玻璃后的圣母马利亚；一颗银质的心，里面藏着一小块芳香海绵；一个用柠檬皮做成的糖果盒，它的盖子上画着一颗草莓，盒子里面的棉花上放着一根勿忘我草形状的金质别针；一个放着头发以作纪念的圆形小装饰盒；还有一卷发黄了的纸，上面写着菜谱和秘密；两只小瓶子，一只装着霍夫曼氏止痛剂，另一只装着古龙水；两个盒子，一个放着麝香，另一个装着一小截貂香[1]；两个小篮子，一个用气味芬芳的棕榈叶编成，一个由玻璃珠和丁香做成；最后还有一本用天蓝色凸纹纸装订的银边小书，书名是《年轻女子作为新娘、妻子和母亲的黄金生活法则》；以及一本关于梦想的小书，一本写信指南，五六封情书和一把放血用的刺血

---

[1] 原文直译为貂的粪便，以前曾被用作香料。

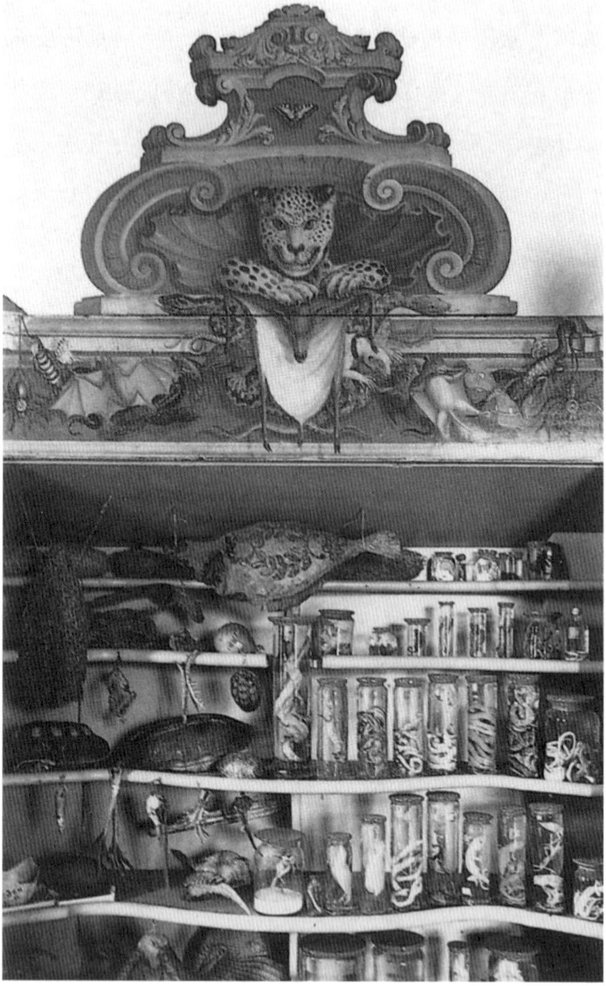

针"。所有这一切我们都可以在《三个正直的制梳匠》这个故事中为徐丝·宾茨林[1]所有的漆匣子里面找到，沃尔夫冈·施吕特在他写给收藏爱好者本雅明的随笔中把这个匣子称为微型宇宙。巴洛克式幻想在这里又一次轻触到了由我们在短暂的一生中手工制作并珍藏的没用物件，如果说它本身就已经是一种渴望死亡的风尚，那么在凯勒向我们展示的一位未婚瑞士姑娘的匣子世界里，延续这一风尚就由一种叙述态度所决定，正如沃尔夫冈·施吕特所写，这种态度在进行嘲讽时还是较为谨慎的，施吕特同时指出，它不是通过保持距离来获得它的基本讽刺性特征，而是通过以极近距离观察到的高度精微的画面。所以说，如果想要把凯勒视为一名迟来的或者伪装的绝食布道者就错了，即便他的灵感毫无疑问要归功于依然盘旋在他思想中的巴洛克倾向。凯勒关于尘世短暂的哲学思想的独到之处在于环绕着这种思想的明丽光辉，它散发自这位出

---

[1] 《三个正直的制梳匠》中的女主角，一位亡故的老板的女儿，她继承了父亲价值不菲的有价证券，它们与上文的工艺品以及其他一些珍宝都放在她的漆匣子里面。三位制梳匠都想通过与她成婚而获得她所继承的财富以过上不劳而获的优裕生活，最后却都被徐丝愚弄。

身苏黎世的年轻奖学金获得者在海德堡读书期间从无神论学派那里了解到的世俗虔诚[1]。凯勒最不能忍受的是宗教的专断,没有什么能像用荆条责打可怜的小梅蕾以期把她变成一个真正的小基督教徒[2]这种偏执那样让他感到如此厌恶。正是从百年来的信仰地牢中解脱出来获得的光明才让他仍然得以看清甚至是最为沉重的时刻。再没有比绿衣亨利为他年纪轻轻就去世的表妹安娜所写的悼文更加光明的葬礼致辞了。当木匠用浮石打磨刚刚为她做好的棺材之后,亨利回忆说,"棺材就像雪一样白了,枞木的微红的纹理,颜色像苹果花一般,还隐隐约约地看得出一点来。这口棺材看起来,比经过彩画、涂金或者甚至用黄铜镶嵌以后,更要美观和高贵得多。细木匠按照这里的习俗,在棺材头部开了一个小天窗,上面安上了一个可以滑动的盖子,在棺材入土以前,可以从这个小天窗看到死者的面孔;现在还得安装上一块玻璃,可是忘了带来,我就划着

---

1 凯勒于1848年获得苏黎世州政府资助前往德国海德堡大学深造,在海德堡他与无神论者有密切交往,受到他们深刻的影响,如他曾听费尔巴哈讲授过《宗教的本质》等。
2 见《绿衣亨利》卷一第五回《小梅蕾》。

船回家去取。我已经知道，有一个橱子上放着一个古旧的小镜框，里面的画早已不见了。现在我就拿了这块被人忘记的镜框里的玻璃，把它小心谨慎地轻放在小船上，然后把船划回来。细木匠到树林里去遛个弯儿，找一些榛子；这时，我就拿这块玻璃去试一试，发现把它安装在天窗上非常合适，因为玻璃上布满灰尘，昏暗模糊，我就把它浸入清亮的溪水中，细心洗去尘垢，并没有撞在石头上把它碰破。接着，我就把玻璃提起来，把上面的清水控干净，然后把亮晶晶的玻璃高高举起，对着太阳一照，我有生以来未曾见过的、最美妙可爱的奇观立刻映入眼帘。只见三个奏乐的天使，中间那一个手里拿着乐谱，正在唱歌，旁边那两个正在奏古式的小提琴，这三个天使都面带喜悦、虔诚的表情望着天上；但他们的形象那样空灵、缥缈、透明，我简直不知道，他们是在日光中，还是在玻璃中，或者只不过是在我的想象中浮现。我动一动玻璃，一时天使们的形象就不见了，我再一转动它，忽然又重新看到了他们。后来，听见人家说，我才知道，铜版画或者素描放在玻璃背后长年不动，在这漫长的岁月中的黑夜里，会把其中的线条印在玻璃上，可以说是在玻璃上留下了自己的影像。"亨利在这一章节的生活经历中所获得的慰藉不同于乍看之下的表象,它跟期盼天堂中的安乐没有什么关系。那些虔诚地往上看的天使只是一种错觉,是假装成奇迹的虚幻花样,这种奇迹其实是一种化学反应的结果。因此,凯勒完全是在尘世中与死亡成功和解的:在完成得井井有条的工作中;在枞木的雪花闪烁中;在带着玻璃板宁静地划过湖面时;在透过慢慢掀起的哀悼面纱感知空气、阳光和纯净的水,感知它们没有被任何超验性元素搅混的美丽之时。

在凯勒的这些故事里面,对救赎的渴望在他反复想象,但却与他的亲身经历完全相反的圆满爱情中表现得比其他任何地方都更加明晰:这证明了他对尘世生活的坚持。就比如说绿衣亨利和尤蒂特彻夜散步时,"贪听着她的衣服的沙沙的响声……像一个胆小的行人觉得身边有个野地里的鬼和自己同行似的,由不得时时斜着眼看一看她",凯勒的目光,正如他所写的,也总是投向于不为他所知、只有在幻觉中才真正熟悉的女性本性。他如此倾心描绘的恋人相聚的场景,不仅属于世界文学作品中最为美丽的同类型场景之一,而且也是独一无二的，因为在这些场景中，爱情的渴望不会立即因为男人呆滞的目光而被泄露出去。在凯勒的作品中具有代表性的是，真正的情人大多数情况下还是个半大的孩子，比如年少的雷被锁在剧院的那一章，他穿着他的长尾猴戏装，罩着靡非斯托非勒斯小袍子，趁着月光，在那些纸糊的、沙沙作响的、华丽的舞台布景之间走来走去，拉开帷幕，在管弦乐池里先只是轻轻地，然后开始越来越用力地敲响铜鼓，直到最终一记威猛的雷爆声响彻昏暗的剧场，惊动了那位美丽的女演员，她不久前刚刚在舞台上吐完她的最后一口气。"原来是甘泪卿，是我在最后一幕看到她时的形象。"雷这样回忆他的长尾猴奇遇，"我从头顶到脚趾都战栗起来，我的牙齿直发抖，同时却又有一种强烈的惊喜交集的感觉掠过周身，使我心里感到温暖。是的，那是甘泪卿，那是她的魂灵，虽然我从远处看不清楚她的面容，但这样却更觉得这个人影儿鬼气森森。她像是用悲哀的目光在大厅中四处探望，我站起来，觉得好像有一双看不见的、力量很大的手拉着我向前走似的，我从一排一排的椅子上迈过去，走向舞台前部，进一步，停一会儿，心里怦怦地跳着。我穿着毛皮戏装走路，听不见脚步声，所以，直到我爬上提词员藏身的箱子，月光初次照到我的奇装异服时，她才觉察出我在那儿了。只见她以热情洋溢的目光惊愕地凝视着我，畏缩不前，却没有作声。我蹑手蹑脚地向她走近一步，就又停住了；我两只眼睛睁得大大的，两只手战战兢兢地举着，只觉心花怒放，热情澎湃，一股勇气流遍周身，便一直向着这个幽灵般的人影儿走去。她一见我走来，就用命令的声调喊道：'站住，小鬼！你是什么人？'并且向我伸出胳膊，做出威胁的姿态，吓得我当场站住，寸步不前。我们目不转睛地互相端详着；现在我清清楚楚地认出她的相貌来了，她披着一件白色的睡衣，脖子和肩膀全都露着，现出一种像夜间的积雪似的柔和的亮光。"关于凯勒，阿道夫·穆施格曾说过，他需要奇迹般的迎合来克服他所感受到的社会和身体上的无价值。剧院里的这一幕就向我们展现了这样一个奇迹。女演员把面具从长尾猴脸上摘下来，把他搂在怀里，在他嘴唇上亲了几下，因为他（她后来这样对他说）还不是像所有其他人那样长大之后就会变成的流氓。这种天真的爱情渴望平和地实现之后，同样平和的死亡就到来了。甘泪卿把长尾猴带到床上，然后两人在床上安静地睡着了，她盖着一件天鹅绒做的王袍，亨利则裹着他的毛皮戏装，就像叙述者所说，这场景很像那种古老的墓碑，"一石雕骑士直身仰卧，脚旁边有一只忠实的狗"。这里所想象的，是身体在登上幸福顶点那一瞬间的僵化，一种石化，它并不象征着惩罚或者驱逐，而是表达了这一瞬间的极乐能够永远持续下去的希望。另一个几乎同样平静的结局对于流浪瑞士的波兰裁缝斯特拉频斯基来说也似乎是上天注定的，在他的秘密因为和他一模一样的人出现而被揭穿后，他满是羞耻地走到了屋外的冬夜之中，"喝了酒，又由于干了蠢事心里很难过"，随即被这番心情制服，倒在了路边，"在嘎吱嘎吱响的雪地上睡着了，同时一阵冰冷的东风开始吹来"。凯勒随后描写的温采尔·斯特拉频斯基从几乎必死无疑的境地中获得解救的情节，与资产阶级文学的情欲传统完全相反。如果说从克莱斯特到施尼茨勒的中篇小说里，男主角都是带着病态的欲望俯身观察没有意识、没有生气的女性身体，那么在凯勒的作品中则是涅特馨的女性视角得以毫不拘束地扫描美丽高贵地躺在夜雪中的男裁缝的身体，扫描他那苗条柔软、穿着合体（恕泄露原文）的四肢。当涅特馨通过全力摩擦成功使得半死不活的裁缝再次苏醒过来，然后慢慢地站起身时，读者得以完全明白凯勒的情欲渴望调换了由社会预先规定的性别角色。也许正因为如此，作品还进一步告诉我们温采尔·斯特拉频斯基在服役期间当过轻骑兵并且穿过一种色彩华丽的制服，这样的制服直到20世纪都代表着女性向往的理想男性类型。凯勒对女性欲望的认可不能用三言两语就解释清楚。本雅明认为，"凯勒忧郁的沉着是基于一种深层的平衡，这种平衡由他心里的男性因素和女性因素共同保持"，而且也涉及诗人的面相。此外，在这一语境下，本雅明还对古希腊时期雌雄同体类型的历史做了若干评注，提到了阿佛洛狄忒斯的形象——即蓄须的阿佛洛狄忒——和阿尔戈斯妇女，她们有在新婚之夜用胡子来装饰自己的习俗。如果我们仔细观察约翰·萨洛蒙·赫吉给二十一岁的凯勒画的肖像，观察他在睡梦中合上的眼睑、修长的睫毛和无比性感的嘴唇，那么我们可能就会认同本雅明的话，后者写道，这种双性面孔的构想"比其他所有想象都要接近这位诗人的面孔"。

凯勒的爱情故事并不总是像波兰裁缝的那样进

展顺利（或者令人绝望），后者在幸运获救之后还要经受漫长的、一点都不梦幻的职业生活。萨利和芙兰琴[1]这两个乡村孩子被剥夺了最微薄的生计，最后真的走向了死亡。他们在流浪之后回到已经变得陌生的家乡，找到一艘装着干草的船并把它当作婚床，这艘船在小说快结束时驶向河流，慢慢旋转着沿山谷向下游漂荡。"这条河一会儿穿过又高又暗的森林，被树荫遮蔽起来，一会儿又穿过空旷的田野；一会儿傍着寂静的村落，一会儿傍着孤独的茅屋流过去；流到这儿进入一种静止状态，好像平静无波的湖泊似的，那只船

1　凯勒中篇小说《乡村的罗密欧与朱丽叶》中的主人公。

也几乎停住了,在那儿它又绕过山岩流去,把睡梦沉酣的两岸迅速地丢在后面;晨光刚一升起,这条银灰色的河里就现出了一座寨堡突兀的城市。将落的月亮,红得像赤金似的,向着上游的地方照出了一条明亮的道路,那只船慢慢地在这条路上横着漂来。等它走到城市附近的时候,在秋晨的清寒中,两个模糊的人影彼此拥抱着,从那一堆黑糊糊的东西上滑到寒冷的水里去了。"停、流、升、落、滑,这就是原文中的动词,通过这些词语,这段文字设计了一个隐喻来表现随着船只和语句的每一次转动和换向而得以圆满实现的肉体情爱,凯勒至少能在书海文山里决定命运,所以他把他们那份情爱赠给了两位孩子,尽管他,就我们所知,自身从来没有经历过这样的圆满。凯勒的生活从一开始——尽管他有着强烈的爱情需求和看似取之不竭的爱情能力——就被打上了拒绝和失望的标记。他追求的女性并不能轻易忽视他过于短小的身量,年轻姑娘里特不能,那位莱茵兰的美丽女士——当她在柏林的林荫道上骑马而过时,他对她非常仰慕——不能,海德堡女演员约翰娜·卡普也不能。路易丝·谢德格,唯一一个准备和凯勒共同生活的人,他们订婚

《理想的森林》,戈特弗里德·凯勒创作于 1849 年

几周后就在黑措根布赫塞[1]的一个喷泉里淹死了。在他的黑暗时刻,凯勒可能感觉这是一个证据,证明他为自己不匀称、从某种程度上来说腰部以下没有发育好的身体而感到羞耻是没错的,证明那些他向其表示爱意的人因为他而陷入不幸。那位来自海德堡的女演员也在神经错乱中离世了。在苏黎世国家图书馆中有一张凯勒的水彩小画作,它表现了一幅理想的森林图景,经由属于费尔巴哈朋友圈的画家伯恩哈特·弗里斯之手转交给了约翰娜·卡普,她在患病的时候用精细的操作把画作下半部大约四分之一的篇幅裁了下来。我们不知道是什么让她做出了这样极端的举动,也不知道当这幅残缺的图画作为约翰娜的遗物重新回到他那里之后,他再次把它拿在手里是什么样的心情。不过他似乎也认为,呈现在几乎透明的景色后面的雪白空洞比艺术的彩色奇迹更加美丽。精神错乱的约翰娜的裁剪打开了一幅由纯粹虚无构成的彼岸风光,它的反面不管怎么说都是绿衣亨利的那张巨幅涂鸦,有一天他心情沉郁的时候开始在一张巨大的纸板上作画,以

---

[1] 瑞士伯尔尼州的一个县。

后每一天都持续画上无数笔,直到一张巨大的灰色蛛网几乎覆盖了整张纸面。"如果,"亨利·雷写道,"仔细观察一下这杂乱无章的东西,就会发现,其中脉络分明,显示出极其值得称赞的勤奋,因为无数的直线和曲线连续不断,也许长达几千艾勒,构成一条迷路,这条迷路从起点到终点,细看都看得出来。有时,表现出一种新的手法,可以说,表现出一个新的创作时期;一些新的理想和新的主题时时透过轻柔美妙的线条跃然纸上。假如当时把画成这件毫无意义的镶嵌图案所需要的注意力、目的性和恒心,全部倾注在一项真正的创作上,我必然已经画出大为可观的作品来了。只是有些地方笔势出现或大或小的停顿状态,可以说是我这思想不集中的、悲哀的心灵行经的迷路中出现的岔道,我的笔试图以小心谨慎的方式摆脱进退维谷的状态,足以证明,我的像做梦一般的意识曾经陷入困境。这种情况持续了好些天,好几个星期,我在家时,改变一下这种情况的唯一做法,就是前额靠在窗子上,目送着行云,注视着云形的变化,在这同时,遐想驰骋到遥远的地方。"对这件相当忧郁的涂鸦作品的描述使我们想起了凯勒在柏林写他那部成长

小说时用来垫在下面的蓝色纸张，他在那些纸上用几百种变体把他单恋之人的名字写成了长长的交织盘绕的直线、螺旋、队列和圆圈——"Betty Betty Betty, BBettytybetti, bettibettibetti, Betty bittebetti"，这个名字以每一种想得到的书法和乱涂形式跃然纸上。在

这五六个字母之外和之间什么都没有，除了画在这里和那里的一座与"Betty"同名、通往没有围墙的小花园的大门，一面"Betty"镜子，一间"Betty"房间和一台"Betty"钟，此外还有一个死神，一具拉小提琴的骷髅，一座丧钟，一枚袖珍徽章，人们用放大镜可以看到上面有些什么东西，看起来像是一颗被大头针刺穿的心脏。写作的艺术即尝试祛除威胁着要失控蔓延的阴暗骚动，目的是为了维持一种适度现实的人格。多年来，凯勒一直在履行这项艰巨的任务，尽管他早就知道它最终是无用的。这位"相当忧郁、寡言的公务员"在他小说的结尾说道，再没有什么能够照亮灌满他被洗劫一空的灵魂的阴翳，他已经预感到，从长远来看，即便是编排得最好的词句和他对作品人物表现出的大度也几乎不能抗衡沉重的失望。回顾自己的职业生涯，他觉得所有这一切"都不叫生活，不能这样继续下去"。他谈到了一种新的精神禁锢，他已经陷进去了，并苦思冥想如何从中摆脱出来，但是他感到他的处境是如此绝望，以至于他时不时地，并且越来越清晰地听见，如他所说，在心中激起了不再生存的愿望。

孤独的散步者*

纪念罗伯特·瓦尔泽

罗伯特·瓦尔泽在他的生命道路上留下的痕迹是如此轻浅，以至于它们几乎都被吹散了。至少从他1913年春返回瑞士起，事实上当然是从一开始，他就只是以最最草率的方式和外界联系着。他无处安身，也从来没有获得过一丁点财产。他既不曾有过房子，也没有过长居的公寓，没有一件家具，大多数时候在衣帽架上只有一套稍好的和另外一套稍差的西服。即便是一位作家投入写作所需的东西，当中也几乎没有什么他能说是属于自己的。我想，他连他自己写的书都没有。他阅读的出版物大多是借来的。连他用来写作的纸都是二手的。就像他一生一贫如洗，也离群索居。他甚至越来越疏远他一开始最为亲密的兄弟姐妹，画家卡尔和美丽的学校教师莉萨，直到最后，就像马丁·瓦尔泽[1]形容他的那样，成了所有最孤独的作家当中最最孤独的那个。向一个女人妥协对他来说显然是一件不可能的事情。蓝十字旅店里的那个女仆，他通过在他阁楼房间墙上钻的窥探孔来观察她；伯尔尼

---

* 原文为法语。

[1] 马丁·瓦尔泽（Martin Walser，1927—2023），德国作家，出生于德国博登湖畔的小镇瓦瑟堡，著有《进涌的流泉》《批评家之死》等，曾获得黑塞奖、毕希纳奖、席勒促进奖、德国书业和平奖等多项重要文学奖项。

的餐厅女服务员们；来自莱茵兰地区的蕾茜·布赖特巴赫小姐，他长时间和她保持着通信往来：所有这些女性，就像他在文学幻想中渴望地围在她们身边献殷勤的那些女性一样，都是来自遥远星球的生命。在那个庞大的子孙后代还是普遍现象的年代——父亲阿道夫·瓦尔泽就来自一个十五口之家，令人奇怪的是，下一代的八个兄弟姐妹当中没有一个人生育孩子，而且在某种意义上先后逝去的瓦尔泽家族后代中，也许人人都比这位，就他的情况而言人们也许有理由说，一直保持着童贞的罗伯特，更加符合成功繁衍后代所必需的前提条件。这个最后几乎与任何东西、任何人都没有关联之人的离世，尤其是在这个久居精神病院的人隐姓埋名之后，很可能不为人察觉，就像长期以来他的生活那样。罗伯特·瓦尔泽在今天不属于下落不明的作家群体，这一点首先要归功于卡尔·泽利希给予他关照这一事实。如果没有泽利希关于他和瓦尔泽一起散步的记录，没有他为了传记所做的前期工作，没有由他编辑出版的选集，没有他劳心费力确保由数百万不可解读的文字组成的遗著的安全，那么恢复瓦尔泽应有的名誉可能就不会成功，对他的记忆可能就会消散了。[1] 不过，瓦尔泽因为死后世人对其遗作的拯救性发掘而积累的名誉，还是无法与诸如本雅明或卡夫卡这样的人物相比。瓦尔泽一如既往地是一位独一无二、不可解释的人物。面对他的读者，他在很大程度上隐瞒了自我。根据埃利亚斯·卡内蒂[2]的观点，瓦尔泽的特点在于他写作时总是否认他内心最深处的忧虑，不断忽略自己的一部分。这种缺位，卡内蒂说，正是他身上的独特恐惧之处。他流传下来的生平事迹都相当单薄，这也很奇怪。我们知道他的童年笼罩着母亲罹患精神疾病和父亲生意一年不如一年的阴影，知道他想接受培训成为一名演员，知道他作为职员在任何职位上都坚持不了太久，知道他从1905年到1913年都待在柏林。然而，他在那里除了从事写作这

---

[1] 卡尔·泽利希（Carl Seelig，1894—1962），瑞士编辑和传记作家，曾为斯威夫特、诺瓦利斯、毕希纳等人写过传记，更是第一位为爱因斯坦作传的作家。对罗伯特·瓦尔泽而言，泽利希是亲密的朋友、无私的支持者，在瓦尔泽身后为其发掘、整理、出版了具有重大文学价值和深远影响的作品。1929年，罗伯特·瓦尔泽因精神失常被送进黑里绍精神病院，从此几乎完全与世隔绝，一直待到生命的尽头。住院期间，瓦尔泽不再继续写作，但是经常做他最喜欢的事情：散步。1936年起，泽利希定期去看望瓦尔泽，陪他散步聊天。1977年，泽利希创作的《与瓦尔泽一起散步》问世。
[2] 埃利亚斯·卡内蒂（Elias Canetti，1905—1994），英籍犹太人，作家、评论家、社会学家，于1981年获得诺贝尔文学奖。

件对他来说轻而易举的事情之外还做了别的什么事情，我们几乎一无所知。关于这座德国大都会，他告诉我们的信息很少，后来关于湖泊地区、关于他在比尔的生活和伯尔尼的情况他也说得很少，因此可以说相关编年史材料十分匮乏。瓦尔泽看似并没有受到比如第一次世界大战爆发这样的外界大事的影响。唯一可以肯定的是他以越来越大的努力继续进行着创作；即使在对他作品的需求下降时，他也日复一日地继续写下去，一直写到痛苦边缘，我想，不少时候还会克服痛苦写下去。到了再也继续不下去的时候，他就住进瓦尔道精神病院，我们可以看到他在花园里做些活儿或者自己和自己打台球，最后，在黑里绍精神病院，他就在厨房洗洗蔬菜，整理锡纸屑，看看弗里德里希·格斯塔克或者儒勒·凡尔纳的小说，有时甚至，如罗伯特·梅希勒所说，就只是僵硬地站在角落里。瓦尔泽一生中流传下来给我们的场景之间相距如此遥远，我们根本不能称之为一段历史或者一段生平：我觉得倒不如说是一段传奇。在死后继续发挥影响力的瓦尔泽一生的不确定性以及其中无所不在的空白，就像是某种幽灵般的东西，它们和他文本的不可描述性一样，可能会吓退专业的阐释者。马丁·瓦尔泽评价说，罗伯特·瓦尔泽根本不能被系统地论述，尽管他的作品完全适合用以撰写博士论文，这一评论毫无疑问是对的。人们该如何理解这样一位作家，他被阴影笼罩，尽管如此，却把最为友善的光明投射到了每一张书页上；他把纯粹的绝望书写成了幽默；他几乎总是写同样的东西然而却绝不重复；他不理解自己在微小之处打磨的思想；他完全脚踏实地却又毫无保留地迷失在空气中；他的散文有一种在阅读时发生消解的特性，以至于人们在读过之后几个钟头就几乎记不起倏忽而过的角色、情节和作品中讲述的东西。是一个名叫万达的女士还是一个漫游学徒，是埃莱娜小姐还是埃迪特小姐，是一位管家、一名侍从还是陀思妥耶夫斯基的白痴，是剧院里的一场大火、一阵喝彩、森帕赫战役[1]、一记耳光还是浪子的归来，是一个石瓮、一个手提旅行箱、一只怀表还是一块鹅卵石？这些无可比拟的书中所写的一切，就像它们的作者可能说过的那样，都有一种消散的趋势。就在刚刚看起来还特别有意义

---

[1] 1386年瑞士联邦军队与奥地利哈布斯堡家族军队在森帕赫爆发的战役。瑞士的胜利对其独立统一有着决定性意义。

的地方，读者突然间就发现全然无意义。反过来，在瓦尔泽的荒谬背后往往隐藏着不可探测的深意。尽管存在这样的困难，它们一再挫败任何想要分门别类进行研究的人的设想，但还是有很多关于罗伯特·瓦尔泽的文章面世。它们中的大多数自然具有一种相当粗略或者点到为止的性质，或者可以被看作对他心怀尊崇之人的一种个人致敬。下文中的评注也是如此，因为我从最初知道他开始，也总是只能不成体系地阅读他的作品。一会儿开始看看这个，一会儿又读读那个，多年来我有时候在他的长篇小说中漫游，有时候在他的铅笔领域[1]中徜徉，每当我断断续续地重新阅读瓦尔

---

[1] 罗伯特·瓦尔泽去世后，他生前所在的黑里绍精神病院将他的遗物交给了他的监护人卡尔·泽利希先生，其中包括一只旧皮鞋盒，里面装着526张密密麻麻写满了只有一两毫米大小，几乎辨认不清的铅笔小字的手稿，而这些小字均写在车票、日历和卷烟壳等废纸上。同时身兼瓦尔泽文学作品执行人、为出版瓦尔泽遗作而奔走忙碌的泽利希去世后，瑞士政府专门设立了泽利希基金会，继续推进瓦尔泽遗著的出版事业。经过整理和发掘，人们发现瓦尔泽从1917年开始就用铅笔在纸上撰写草稿，然后用钢笔将其中少量文稿誊写出来寄给出版社或杂志编辑部以寻发表，余下的依然保留在草稿纸上，瓦尔泽陆陆续续用这种方式创作了大量"微型图"（Mikrogramm）式的文稿，其中包括了大量散文、诗歌、剧本以及戏剧残片《菲利克斯》（Felix）和长篇小说《强盗》（Der Räuber）。1985年至2000年，瓦尔泽的部分铅笔手稿被破译并编辑出版为六卷本的《来自铅笔领域》（Aus dem Bleistiftgebiet）。本章的"铅笔领域""铅笔系统""微型图"等类似表述都是同一个意思。

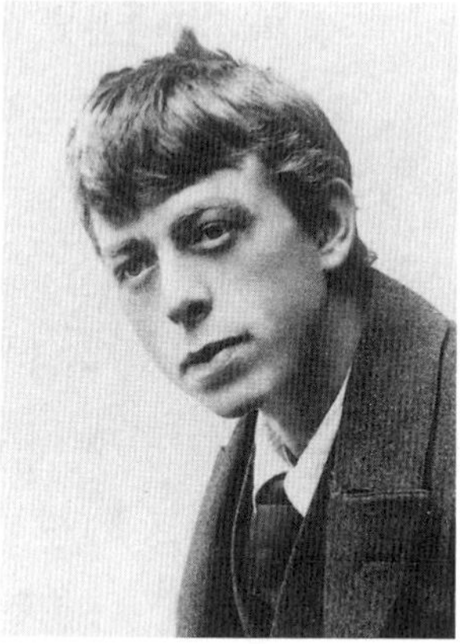

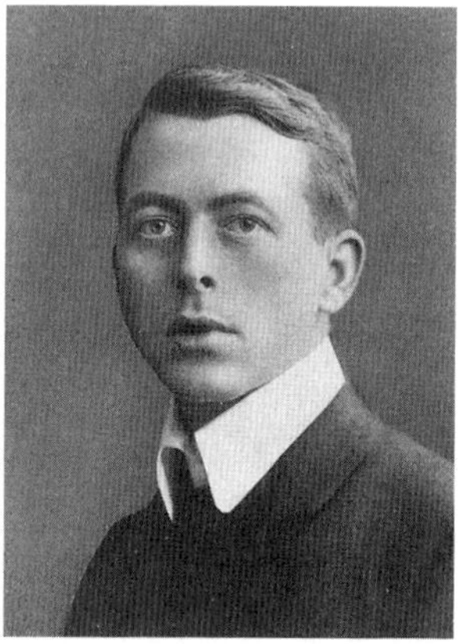

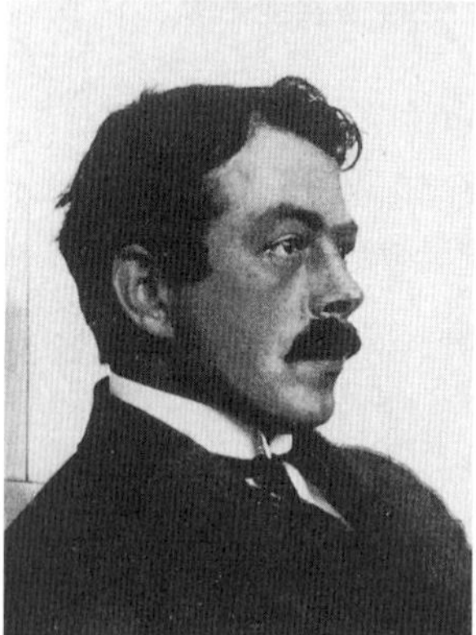

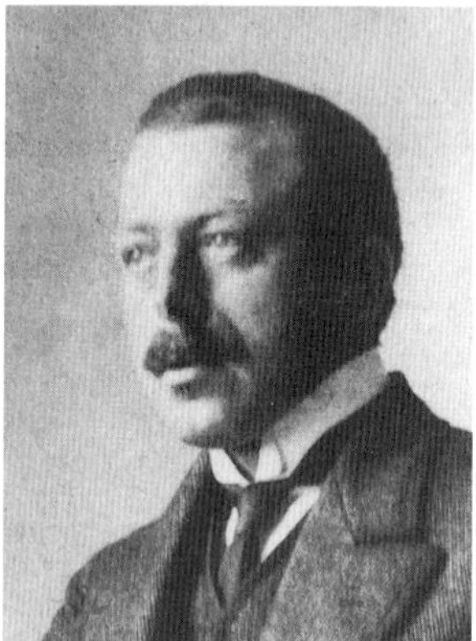

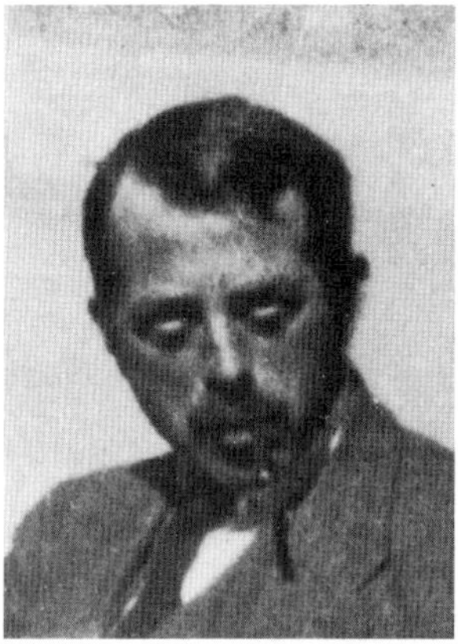
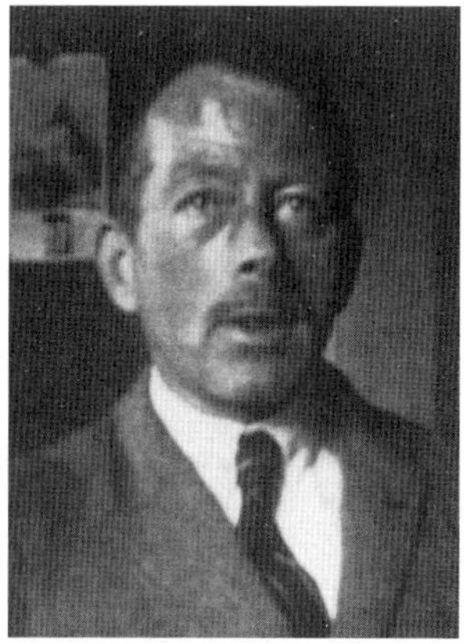
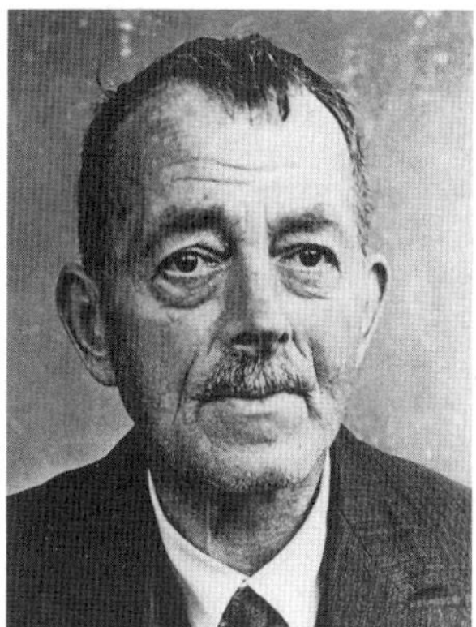

泽的作品，我也总是会仔细看他现存的肖像照，七个很不一样的面相阶段，它们能够让人猜到发生在它们之间的无声无息的灾难。我最熟悉的是他在黑里绍时期拍的照片，它们展示了瓦尔泽散步时的场景，因为这位早就不再创作的作家站在一片风景当中的样子总是让我不由自主地想起我的祖父约瑟夫·埃格尔霍费，小时候，在相同的年代，我经常跟着他在和阿彭策尔有许多相似之处的地方散步好几个小时。每当我看着这些散步的照片，看着瓦尔泽用来做三件套西服的衣料，看着柔软的衬衫领、领带扣，看着手背上的老年斑、剪短了的灰白色小胡子、眼睛里平静的神情，我

就觉得祖父在我面前。不过不仅是外表,在习惯方面,我祖父和瓦尔泽也非常相似,比如他们戴礼帽的方式,在最明朗的夏日会带着雨伞或者雨披的行为。很长一段时间,我甚至还想象祖父和瓦尔泽一样都有不扣马甲最上面一颗纽扣的习惯。无论是否确实如此,毫无疑问的是他们两人都死于同一年,1956年,

众所周知瓦尔泽在12月25日散步时去世,而我祖父则死于4月14日,瓦尔泽最后一次生日的前一天晚上,那晚还下了一场雪,尽管春天已经到来。也许正因为如此,如今每当回想起我祖父那让我无法忘怀的死,我总会看到是他躺在牛角雪橇上,正是用那只雪橇,人们在雪地中找到瓦尔泽并拍下照片,然后把他的尸体带回了精神病院。这些相似、重叠和巧合有着什么样的意义?它们只是记忆的拼图,是自我欺骗或者感官幻觉,还是某种被编码进人类关系混乱态之中、同时包括生者和死者、令我们不可捉摸的秩序模式?卡尔·泽利希讲述道,有一次他和罗伯特·瓦尔泽一起散步,当时他们刚好走到了巴尔加赫村,提到了保罗·克利,他刚说完那个名字,就在走进村庄的时候看见一扇空荡荡的橱窗里摆着一块标牌,上面写着"保罗·克利——木制烛台雕刻匠"。泽利希并没有试图解释这一奇怪的巧合。他只是把它记录了下来,也许因为人们最快忘记的正是最奇怪的东西。我也只是想在这里不加评论地写下我最近在看小说《强盗》时的感想,它是瓦尔泽唯一一部在当时我还不了解的长篇作品。在一开头,叙述者说强盗趁着月光穿过了博登湖。

也是这样在月光下，在我写的一篇故事[1]中，菲妮阿姨想象着年轻的安布罗斯渡过同一片湖面，尽管，如她自己所说，事实上这是不可能的。往下不到两页的地方，这篇故事讲到，安布罗斯之后在伦敦萨伏伊饭店当楼层侍者时结识了一位来自上海的女士，然而菲妮阿姨对她的了解仅限于知道她偏爱棕色的羊羔皮手套以及，像安布罗斯说的那样，标志着他悲哀生涯的开始。在博登湖场景往后两页，强盗在11月的苍白森林里遇到了一位差不多同样神秘、浑身棕色打扮、被叙述者称为亨利·卢梭女郎的女人，不仅如此，文章后面的段落中，"悲哀生涯"这个词也从我不知道的哪个地方登场了，当初在萨伏伊那段轶事结尾写下它的时候，我以为在我之前还没有人想到。我总是尝试着在我自己的作品中对那些让我感受到吸引力的作者们表达我的敬意，尝试着通过从他们那里借用一个美丽的画面或者一些特别的词语在某种意义上向他们脱帽致敬，但是，为逝去的同行设一个标记以表纪念是一回事，而如果不能摆脱这种被另一方召唤的感觉又是另一回事。

---

[1] 指塞巴尔德小说《移民》中的第三个故事《安布罗斯·阿德尔瓦尔特》。

罗伯特·瓦尔泽实际上是谁，是什么样的人，尽管和他之间的关系非同寻常地紧密，但我也给不出什么可靠的回答。如之前所述，那七张肖像照展现了截然不同的人：一个充满了宁静感性的年轻人，一个带着克制的焦虑准备踏入资产阶级社会的人，一个在柏林有着某种英雄气概又显得阴郁的作家，一个三十七岁、眼睛如琉璃般清澈水亮的男人，那个抽着烟、看起来很危险的强盗，一个破碎的男人，最后是完全被摧毁、同时又获救了的精神病院病人。就这些肖像而言值得注意的不仅是它们之间的不同，而且还有它们中每一张都很明显的不协调，我推测，这种不协调主要是由瓦尔泽相当朴素、根植于瑞士的本性与无政府主义、波希米亚式不羁和花花公子式放浪的倾向之间的矛盾引起的，他在职业生涯之初曾经炫耀过这些倾向，后来则将其尽可能地掩藏在正派的外表之下。他自己也讲述了在某个星期天他是如何穿着一套"轻佻的浅黄色夏装和轻便的舞鞋"、头上戴着一顶"故意显得放荡、大胆、滑稽的帽子"从图恩走到伯尔尼的。在慕尼黑，他拄着拐杖漫步穿过英国花园，去拜访韦德金德[1]，后者对瓦尔泽那套大格子西装表现出了浓厚的兴趣，考虑到当时在施瓦宾[2]圈子里流行的奢侈风尚，这已经算得上是一种恭维了。他在长途跋涉前往维尔茨堡的路上穿的步行装，瓦尔泽写道，让他的"外表具有某种意大利南部风情。这一种或一类西装，穿上它们后，我在那不勒斯可能还是挺显风姿的。但是在思想严谨、行为得体的德国，这种西服似乎更多地引起了猜疑和反感，而不是信赖和喜爱。我二十三岁时是多么大胆和古怪"。对引人注意的服装的喜爱和堕落的危险往往相伴而生。据说荷尔德林也是如此，他对衣服的精美和外表的考究有着明显的追求，因此他精神崩溃之时的颓废状态更让他的朋友们感到惊恐。梅希勒回忆道，夏天有一次，瓦尔泽穿着一条带着破洞和补丁的裤子去看望他在吕根岛上的哥哥，尽管他哥哥刚刚送了一套新西装给他，在这种情况下瓦尔泽引用了《唐纳兄妹》中的一段话，其中西蒙受到了他妹

---

[1] 弗兰克·韦德金德（Frank Wedekind，1864—1918），德国剧作家，被奉为德国表现主义戏剧的先驱，其剧作在死后才逐渐引起人们重视。
[2] 位于慕尼黑北部，历史上曾是著名的波希米亚主义区域，世界最大的城市公园英国花园也坐落其中。

妹的责备："你再看看你的裤子：下面都破了！固然我知道这只是裤子，但是裤子也应该和灵魂一样保持完好的状态，因为穿着破破烂烂的裤子表明一个人疏忽大意，而疏忽大意是发自灵魂的。那么你的灵魂肯定也是破破烂烂的。"这种责备也许是因为莉萨有时会评论她弟弟的外表，不过结尾那句绝妙的话，指出灵魂破破烂烂的那句话，我认为，是叙述者的一种独创概述[1]，他已经预感到他的内心生活将会有多么糟糕。瓦尔泽当时肯定希望能够以写作这种方式、通过把沉重的东西转化成几乎没有分量的东西来摆脱从一开始就笼罩在他生活中并且他早已经预见到将会不断延伸的阴影。他的理想是克服重力。因此，他对当时被他称为"极左派半吊子"所导演的艺术革命的宏伟论调不屑一顾。他不是预言世界毁灭的表现主义空想家，而是，如《弗里茨·科赫尔作文集》的前言中所说，见微知著的慧眼者。从最早的尝试开始他就尽可能地追求极致的细微和凝练，或者说追求毫不迟疑、一气呵

---

[1] 原文为法语。

成的独特叙述方式。瓦尔泽与青春风格[1]的艺术家们有着同样的抱负，而且和他们一样也屈从于逆向潮流，在阿拉伯式纹样中迷失自我。玩味地、有时甚至是执拗地描绘出古怪的细节是瓦尔泽的语言最为引人注意的特点。在句子中通过夸张的分词结构或者通过动词的堆积而形成的词语漩涡和湍流，比如说"haben helfen dürfen zu verhindern"（已经能够有助于去防止）；新造词，比方说"das Manschettelige"和"das Angstmeierliche"[2]，它们就像千足虫一样在我们的注视下匆匆爬走；"如夜行动物般羞怯的、在黑暗中飞跃大海的、内心在啜泣着的东西"，长篇小说《强盗》中的叙述者用大胆的隐喻声称这个东西正盘旋在丢勒的一

---

1 青春风格（Jugendstil），1900年前后在西方形成的一种艺术创作风格，其名称来源于自1896年在慕尼黑出版的画报《青春》。主要表现在工艺美术、房屋建筑和内部装潢、绘画和雕塑方面，特点是大量采用装饰性曲线、植物纹样或其他抽象的平面图案。

2 名词"die Manschette"意为"长袖衬衫的硬质袖口"，瓦尔泽给这个名词加了形容词词尾"-lig"构成了形容词"manschettelig"，又把这个形容词名词化并在前面加上了中性定冠词"das"，最终形成了中性名词"das Manschettelige"，意为"长袖衬衫硬质袖口一样的东西"；同理，原意为"胆小鬼"的名词"der Angstmeier"经过两次词性变化——添加形容词词尾"-lich"和中性定冠词"das"后，现指"胆小鬼那样的东西"。

个女性角色之上；古怪，比如说在一位妩媚女士的迷人重量下吱吱作响的长沙发；让人想起早已不再使用的东西的地区性表述；几近躁狂的喋喋不休——所有这一切都是瓦尔泽为之费心的阐述要点，因为他害怕完成得太快，而他，根据他的偏好，只画了一条优美的曲线，没有旁枝和叶片上的花朵。事实上，这种迂回对于瓦尔泽来说是一个生存问题。"我所做的这些迂回，"瓦尔泽在小说《强盗》中写道，"目的是为了填满时间。因为我必须完成一本具有一定篇幅的书，否则的话我会比现在更被人瞧不起。"另一方面，正是这些从内容，尤其是从形式上的迂回中产生的语言拼贴最不符合上流文化的要求。它们与无意义诗歌和精神分裂症的典型症状语无伦次之间的联系从来都不能抬高其作者的市场价值。然而对于真正的读者而言，他语言表达艺术的独特扭结恰恰是不能缺少的，比如说接下来出自瓦尔泽铅笔手稿中的一个段落就用短短几行字以一种既可笑又让人心碎的方式概述了一整个爱情传奇。瓦尔泽在这里做到了，就像作家彻底臣服于语言那样，以最精湛的技艺完成了对笨拙的模仿，这是德国浪漫派作家一直只是隐约意识到、也许除了霍夫曼之外无人在诗歌实践中实现的反讽。"她徒劳无用地，"这一有关美丽的赫塔和她不忠的意大利丈夫的相应段落写道，"在顶级的专营店里为她最尊敬的浪子和寻欢作乐之人买了一根新拐杖或者一件她费尽心思翻找到的最为精致、最为温暖的大衣。他的心在精挑细选的衣物面前依然冷漠，他挂着拐杖的手依然生硬，当这个无赖，哦，我们或许能够这样称呼他，轻浮地到处调情，从那双被内心的痛楚镶上了黑眼圈的悲伤的大眼睛里流出了大滴珍珠般的泪水，面对这种情形我们必须指出，在发生着这样的亲密关系之不幸的房间里充满了阴郁的、梦幻般点缀着棕榈叶的、上下里外镶了金的华丽。""一小句一小句，"瓦尔泽此时如此结束了这场最后几乎在语法上出轨的闹剧，"你在我看来似乎也是幻觉，你就是这样！"然后，他在重新回到现实中之后，还加上了一句话，"但是让我们继续吧。"

但是让我们继续吧。随着瓦尔泽散文作品中幻想元素的增多，现实成分也随之减少，或者更确切地说，现实不可阻挡地呼啸而过，就像在梦中或是在电影院里那样。由于服侍最最残忍的公主时付出的单相思、辛劳和专注而把身体完全搞垮了的阿里巴巴——在他身上我们也许能够望见瓦尔泽的一个缩影——于工作结束的一个夜晚看到一长串画面在他眼前滚动：它们是自然风光，比如山峰连绵的恩加丁、比尔湖，还有马格林根的疗养院。"接着，"故事继续讲道，"展现在眼前的是圣母，她怀抱着一个孩子；阿尔卑斯山一处高耸的雪原；周末郊外戏水的人们；果篮和花朵；突然出现的一幅描绘犹大在客西马尼花园中亲吻耶稣[1]的画，画中他胖胖的脸像苹果那么圆，让他几乎无法完成他的亲吻计划；接着是射手节[2]上的一幕；然后是一系列夏帽收藏，它们像是在灿烂而欢快地微笑，彬彬有礼；然后还有贵重的玻璃杯、盘子和珠宝首饰。阿里巴巴很享受观赏这些画面，它们一张接一张地迅速出现。"在瓦尔泽这里，故事总是一个接一个地迅速发生。他笔下的场景只会持续一瞬间的工夫，连他作品中的人类角色也只被赐予极为短暂的寿命。数百个这样的角色都独自居住在瓦尔泽的铅笔领域，舞蹈演员

---

[1] 耶稣传布新道虽然受到了百姓的拥护，却引起犹太教大祭司和长老们的仇恨。他们用30个银币收买了耶稣的弟子之一犹大，要他帮忙交出耶稣。犹大给他们暗号，与他亲吻的就是耶稣。当他们来到客西马尼花园时，犹大假装向耶稣请安，拥抱并亲吻耶稣。耶稣随即被捕，后被钉在十字架上。
[2] 起源于中世纪德国和瑞士的射击比赛，后成为传统节日。

和歌手,悲剧演员和喜剧演员,酒吧女招待和家庭教师,剧院经理和代理人,努比亚人和莫斯科人,临时工和百万富翁,罗卡阿姨和莫卡阿姨,还有许多其他配角。在他们出场的瞬间,他们的存在感让人称奇,而一旦人们真的想要仔细看看他们时,他们就消失了。我感觉,他们仿佛,就像早期电影中的演员们那样,被一种颤抖、闪烁的光晕包围着,这种光晕使得他们的轮廓模糊不清。他们穿过瓦尔泽那些残缺不全的故事和尚在萌芽中的小说,就像梦境中的人在夜间掠过我们的脑海,从不在访客登记簿上留下自己的姓名,刚一到达就离开了,永不再见。在瓦尔泽的评论者中,本雅明是唯一一个尝试更加准确地捕捉其人物的匿名性和倏忽性的学者。他说,他们"来自于精神错乱,而非别处。他们是把疯狂抛在身后的人,因此保留着一种令人心碎、不人道、不可动摇的肤浅。如果我们想要用一句话来概括他们身上既令人喜悦而又让人害怕的东西,我们就可以说:他们都被治愈了。"当纳博科夫谈到在尼古拉·果戈理的书里游荡的那些不安的人物时肯定也有类似的想法,他说,他们是一种温和的疯子,不会让世界上的任何事物阻止他们转动自己的齿轮。与果戈理的比较绝非牵强，因为如果瓦尔泽非得有个亲属或前辈的话，那就是果戈理了。瓦尔泽和果戈理，他们两个都逐渐失去了把注意力集中在小说情节中心的能力，相反却以一种几近强迫的方式爱上了出现在他们视线边缘、奇怪而不真实的造物，对于它们的过去生活和将来命运，我们永远都无从知晓哪怕一星半点。纳博科夫在他关于果戈理的论著中援引了一个场景，里面写到，《死魂灵》的男主人公、我们的乞乞科夫先生在一个舞厅里面用各种各样的好话使得某位年轻的女士不胜其烦，这样的好话他之前已经在另外的地方说过好多次，比如："在辛比尔斯克省别斯佩奇内的府邸上讲过，那时在座的有主人的女儿阿杰莱伊达连同她的三个小姑子——玛丽娅、亚历山德拉和阿杰利盖达；在梁赞省佩列克罗耶夫府上说过；在奔萨省波别多诺斯内及他的弟兄彼得·瓦西里耶维奇府上说过，当时在座的有主人的小姨子卡捷琳娜和她的叔伯姊妹萝扎和埃米莉亚；在维亚特卡省彼得·瓦尔索诺菲耶维奇府上讲过，当时在座的还有主人的儿媳妇的妹妹佩拉格娅和侄女索菲娅以及两个隔山姊妹索菲娅跟玛克拉图拉。"[1]——这个场景里没有一个角色在果戈理这部作品之后的章节中再度登场,因为他们的秘密(就像人类存在的秘密一样,总的来说)存在于他们全然的多余性之中,因此以题外话形式描写的这个场景完全可以说源自瓦尔泽的想象。瓦尔泽自己曾经说过,他从这一篇散文写到下一篇散文,从根本上来说总是在创作同一部长篇小说,人们可以把它称为"一本被剪得形状各异或者被拆分的自我之书"。然而人们必须补充说明的是,这本书里的主角,也就是自我,几乎从来不会出现,而是被省略或者更准确地说被隐没在大量的其他过客之中。无家可归也是瓦尔泽和果戈理的共同点;他们存在的极度短暂,如棱镜般丰富多变的情绪变化,焦虑,极其忧郁不定而又浸透了黯然心痛的幽默,无穷无尽的碎纸片,为了使自传神秘化所做的虚构——所有精神贫瘠的人物和一场永不停歇、连续不断的假面舞会。在鬼怪小说《外套》的结尾,抄写员阿卡基·阿卡基维奇几乎什么都没有留下,因为他,就像纳博科夫所回忆的那样,已经不

---

[1] 相关译文参照鲁迅译本(《死魂灵》,生活·读书·新知三联书店,2019年)。

再清楚自己现在是身处大街中间还是句子中间，同样，果戈理和瓦尔泽最后也没能在他们所创造的一大群人物中间被辨认出来，更不用说在疾病逼近的昏暗地平线前。通过写作，他们完成了去人格化过程，通过写作，他们切断了自己与过去的关联。他们的理想状态就是纯粹记忆缺失的状态。本雅明发现，瓦尔泽每一句话的任务都是让读者忘记前一句话，而且在《唐纳兄妹》这部还算是家族回忆录的作品之后，记忆的溪流就真的变得越来越细瘦，最后汇入一片遗忘的大海之中。正因为如此，当瓦尔泽真的在某种情况下从书页的字里行间中抬起眼睛，回顾流逝的时光，向他的读者们吐露，比如说，他多年前的一个晚上在柏林的弗里德里希大街曾经经历过一场暴风雪，这场暴风雪深深地存留在他的回忆当中，这种时候就特别让人记忆犹新、感动。和瓦尔泽的回忆画面一样不稳定的还有他的情感。通常情况下它们被小心翼翼地掩盖着，或者，它们如果真的要显露出来的话，很快就会变成一种有点可笑或者至少是不严肃的东西。在专门写布伦塔诺的散文小品中瓦尔泽问道："一个感情如此丰富、如此美好的人会同时如此无情吗？"答案可能是，在生活中，就像在童话故事里一样,有这样一些人,他们因为极度贫穷和恐惧不能承受情感,他们,就像瓦尔泽在他最为悲惨的散文作品中写的那样,因此必须在没有被其他人注意到的无生命的物质和事物上试验他们看似枯萎了的爱情能力,比如灰尘、针、铅笔和火柴。然而瓦尔泽通过一种完全的同化和移情给它们注入灵魂的方式揭示出感情最终也许在最为微不足道之处显得最为深刻。"事实上,"瓦尔泽这样描写灰尘,"关于这种表面上如此无趣的物体,如果人们进行还算深入的探究的话,就可以说出一些一点都不无趣的话来,比如:如果对着灰尘吹气,那么转眼间它便会向四面八方飞散开来,没有丝毫抗拒。灰尘本身是恭顺屈从、无关紧要和没有价值的,而且最妙的是:它自身就充满了它一无是处的信念。会有人比灰尘更无依靠、更虚弱、更可怜吗?可能没有。存在一种东西比它更顺从、更忍让吗?几乎没有。灰尘不懂个性,它与任何一种木材之间的距离都比垂头丧气与趾高气昂之间的距离要远。灰尘所在之处实际上什么都没有。把你的脚踩在灰尘上,你几乎不会感觉你踩到了什么东西。"在整个20世纪的德语文学中,甚至在卡夫卡那里,人们都找不到能和这段文字相提并论的语句，它所蕴含的强烈情感在于，此处，在这篇有关灰尘、针、铅笔和火柴的看似随意的文章中，作者实际上是在写他自己的殉难，因为这四种对他来说有意义的东西不是被随意罗列在一起的，而是作者的刑具，更确切地说，是作者施行自焚的所需之物，以及火焰熄灭后的所剩之物。

在瓦尔泽中年的时候，写作对于他来说确实成了一件艰辛的事情。他从未间断、年复一年残忍地持续下去的文学创作活动对他而言变得越来越困难了。他在蓝十字旅店的阁楼里面从事的是一种苦役，用他自己的话来说，在那里他每天都会在写中长篇小说的书桌前连续坐上十到十三个钟头，冬天的时候穿着他的军用大衣和他自己用零碎布头做成的拖鞋。他提到创作的监狱、囚牢和铅室，以及在持续的劳顿中丧失健康的人类理智的危险。"我的背因此变弯了，"这位作家在一篇同名散文中写道，"因为我经常长时间弓着背坐在那里思考一个词语，这个词语从大脑到纸上有很长一段路要走。"这项工作既不让他觉得快乐也不让他感到悲伤，他补充说，但是他却经常有一种感觉，仿佛他会因它而死去。尽管有这样的判断，瓦尔泽也并没有早早停止写作，关于这一点有着若干原因，除了作家与他们技艺之间通常而言的双重捆绑之外，首先也许是对失去社会地位[1]的恐惧，以及对贫穷——瓦尔泽差点陷入这一最为极端的情况——的恐惧，这是一种一直追随着他的恐惧，因为他在童年和青少年时期受父亲经济困窘的影响而极度缺乏安全感。不过瓦尔泽害怕的不是贫穷本身，更确切地说是社会地位下降带来的耻辱。他非常清楚，人们"会看不起一个身无分文的工人，但是更加看不起一个失业的职员……一个小职员，只要他还有工作，就是半个绅士；一旦脱离岗位，他就会堕落成一个笨拙、多余、让人讨厌、无足轻重的人"。对办公室文员适用的，自然在更高层面上对作家也适用，因为他们不仅有着成为半个绅士的才能，而且在可能的情况下有能力上升为他们国家的代表性人物。再加上作家，就像所有那些被委以要职的人一样，好比是受到上帝的恩典，不能简简单单地在他们想要搁笔的时候就退休。即便在今天，他们也被期望着继续写下去，直到笔从手中滑落。这样还

---

1 原文为法语。

不够，人们甚至认为有权要求他们，就像瓦尔泽曾经对奥托·皮克所说的那样："每年都要发表些全新的作品。"而最迟从瓦尔泽返回瑞士开始，他就没再能够将这样的全新作品，一部引起轰动的伟大作品，带向文化市场，如果说他以前有能力这么做的话。待在比尔和伯尔尼的时候，他感觉至少有部分自我是一个临时工、一名没有地位的文学小商品生产商。但是他用以捍卫他最后的这一职位并克服"失望、报纸上的指摘、致命的倒彩、带入坟墓的沉默"的勇敢几乎是空前的。然而他最后还是被迫屈服了，这不仅仅是由于他的思想资源耗尽了，而且也因为1920年代后期文化气候方面越来越急促的灾难性变化。毫无疑问，即便他再多坚持几年，最迟到1933年春天，瓦尔泽所有的出版机会也会在远方的德意志帝国被阻断。就这点而言，他对卡尔·泽利希说的话是有道理的，他说他的世界被纳粹砸碎了。在约瑟夫·霍夫米勒于1908年对《助手》发表的评论中，他把这部小说所谓的虚幻性与瑞士作家约翰内斯·耶格雷纳、约瑟夫·赖因哈特、阿尔弗雷德·胡根贝格、奥托·冯·格雷耶斯、恩斯特·察恩的本土性进行了对比，后者的世界观取向，我可以大胆地宣称，仅从他们扎根于本土的名字就可以辨读出来。在这样的乡土作家中，有某位名叫汉斯·米伦斯坦因的人，瓦尔泽在1920年代中期给蕾茜·布赖特巴赫的信中写道，这个人，就像他本人一样也来自比尔，在结束了和一位魁梧的慕尼黑女士的短暂婚姻之后，现在定居在格劳宾登，在那里他是一个传播新思想的社团的活跃成员，并和一位农妇结了婚，"她要求他每天一大早在吃早饭前把一车蔬菜从田里带回家。他穿着一件蓝色的亚麻布工作罩衫和土布做成的粗糙裤子，非常幸福"。这段挖苦的话透露出来的对民族诗人和乡土作家的蔑视清楚地表明，瓦尔泽确切地知道这是怎样一个不幸的时刻，知道他为什么在德国外乡和瑞士故土都不受欢迎。

在这一背景之下，瓦尔泽传奇般的铅笔系统显得像是一种地下生活预演。这些微型图片作为一种富有创造性的连续创作形式，是一名被迫成为法外之人的秘密通信和一段真正的内心流亡的记录档案，而维尔纳·莫朗和伯恩哈德·埃希特对它们的破译是过去几十年间最为重要的文学工作之一。可以确定的是，就像在他给马克斯·吕希纳的信中解释的那样，瓦尔泽首先要用这种不那么有把握的铅笔创作方法来克服他的写作障碍；同样可以确定的是，他不自觉地，就像维尔纳·莫朗注意到的那样，试图"在公开的和私下的评价主体"面前躲藏到不可破译的符号里，蜷缩在

语言的水平面下，并抹杀自己。但是这一铅笔和纸片系统也是文学史中独一无二的守卫和防御工事，最最微小和无辜的事物在里面获得了救护而免遭当时迫近的伟大时代的毁灭。在其不可接近的建筑工程中获得

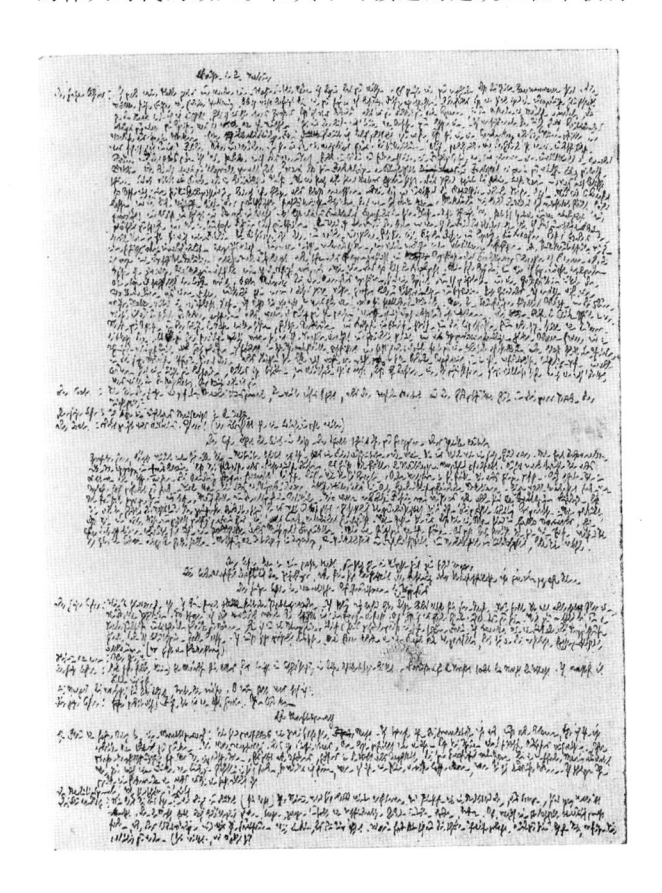

庇护的罗伯特·瓦尔泽对于我来说就好比科西嘉人卡塞拉，1768年他在科西嘉海岬的一座塔楼里从一层楼跑到另一层楼，一会儿从这个枪眼、一会儿从那个枪眼向外开火，在法国侵略军面前伪装成一整支卫戍部队。值得注意的是，在进入瓦尔道精神病院后，瓦尔泽感觉自己仿佛置身城外的一处外围工事，也许就是因为这样，他从那里写信给布赖特巴赫小姐，说他尽管早已输掉了战斗，但还是时不时"向他祖国的报刊发射"一些小作品，就好像这些作品是雷管和炸弹一样。有人说铅笔领域的复杂文章就其外观和内容而言反映了罗伯特·瓦尔泽不断恶化的精神失常，在这种观点面前我无论如何都不能平静下来。虽然我可能看到它们以其独特的形式，比如说极端的诗歌韵律的束缚或者由一张纸条刚好可用的空间所决定的篇幅，显示出病态创作的某些特征——几乎可以说它们是一种颅脑造影照片，就像小说《强盗》中写的那样，属于被迫不断思考某种遥远事物之人——但我并不觉得它们是精神病的证据。相反，《强盗》恰恰是瓦尔泽最理智和最大胆的作品，是一幅自画像，一场绝对廉正的自我审视，在这一审视过程中，病史的编撰者及其主体一同占据了作者的位置。与之相照应的是，叙述者集这位受到威胁、几近崩溃的男主人公的朋友、律师、监护人、看管者和守护天使身份于一体，站在某种讽刺性的距离之外进行辩护，甚至正如他曾经记录的那样，带着一位文艺评论者的愉悦。另一方面，他代表他委托人的利益一再挺身而出慷慨陈词，比如下面这段对公众的呼吁："请你们不要总是只读那些健康的书籍，请你们也去熟悉一下所谓的病态文学，从中你们也许可以吸收根本性的经验。健康的人，从某种角度来说，应该经常去做些有风险的事情。看在老天的分上，健康意义何在？只是为了有一天能够健康地死去吗？这真是一种该死的悲惨命运……今天我比以往任何时候都更加明白在知识分子的圈子里面有非常多的庸俗，我指的是道德和审美方面的胆怯。而害怕是不健康的。有一天，强盗他差点淹死……而一年之后在同一条河里淹死了那个乳品厂学徒。所以强盗从经验中知道了被水妖抓住双腿往下拖拽的人是什么感觉。"律师瓦尔泽在此为他的当事人全力以赴，这份热情从毁灭的威胁中汲取了能量。如果说有什么书写于最极端的边缘，那么就是这本《强盗》。面对迫在眉睫的终点，瓦尔泽还是泰然自若地工作着，甚至常常带着一种消遣心情，并且得心应手，除了一些他为了取乐而允许自己去做的古怪行为。"自从伏案工作以来，我还没有这样大胆、无畏地开始写作"，这位叙述者在开头这样告诉我们。事实上，他那种用来克服明显的结构性困难以及情绪摇摆——在深度的精神错乱和只能用喜悦[1]一词才能正确描述的轻松之间——的随心所欲，高度证明了艺术和道德上的自主性。这一点也可以从下面的说法得到印证：在这里，在这部身后才出版、可以说是出自彼岸之笔的小说里面，瓦尔泽看清了他特别的思想状态，认识到了精神紊乱的本质，这些是人们，就我所见，在其他文学作品中所看不到的。他带着一种无与伦比的冷静[2]，解释了他的痛苦可能来源于小时候受到的教育，后者几乎全然由微小的怠慢组成；描写了他作为一个五十岁的男人还是经常感受到他内心是一个小孩子、一个小男孩；勾勒了他乐意成为的女孩是什么样；描述了穿上围裙给他带来的满足感；记录了爱抚勺子的恋物倾向；描绘了迫害妄想这种被封锁和包围的感

---

[1] 原文为意大利语。
[2] 原文为法语。

觉；记叙了在被观察的状态下觉得自己很有趣的心情，这让人想起约瑟夫·卡夫卡的小说《审判》；记述了因为性欲下降，就像他真的写出来的那样，而产生的痴呆危险。凭借地震仪般的精准，他记录下了意识边缘最为轻微的震颤，记录下了他思想和感情中的扭曲和波动，对此精神病学即便在今天也几乎不敢奢望能够做到。小说叙述者对心理医生给强盗提供的治疗方法不以为然，更不用说信仰的灵丹妙药，他把信仰称为一种"十分简单、廉价的精神状态"。"因为，"他这样说道，"一个人有了信仰就会什么事都做不成，绝对做不成任何事情，哪怕是一星半点。人们只是保持静止并坚信着。这就像一个人在机械地织着长筒袜那样。"瓦尔泽既不愿了解巫医的蒙昧手法，也不愿认识其他牧师的愚民说教。于他而言，对于每一位可以完全控制自己精神力量的作家来说也一样，重要的是最大程度地保持清醒，我推想，他在写《强盗》的时候肯定多次领悟到精神错乱的危险恰好使他间或做到了观察和表达的一针见血，这是完全健康时所不及的。他不光把这种特别的感知能力指向他自己的受难之路，而且也指向其他的边缘人士、被隔离和被淘汰的人，他的另一个自我，即强盗，和这些人是有关联的。他个人的命运对他来说是最最微不足道的东西。"在大多数人那里，"小说叙述者说，"灯光熄灭了"，他对每一个被毁坏的生命都感到惋惜。比方说强盗曾经在海拔一千米以上的疗养地马格林根见过的身着便装的法国军官们。"这就发生在我们那尚未被遗忘的大战爆发前不久，所有这些尝试在鲜花绽放的高山草原上休养并且可能休养得不错的年轻男士必须听从国家的征召。"在这句暗含同情的独特句子旁边，钢铁风暴[1]的滚滚雷声和每一件浸染了意识形态的文学作品都显得多么虚伪。瓦尔泽拒绝那种伟大的手势[2]。对于他那个时代的集体灾难，他彻底保持沉默。然而他在政治方面一点也不幼稚。当年迈的奥斯曼帝国于第一次世界大战前几年在改革党的攻击下分崩离析，乜斜着一只眼睛将德国视为保护者的现代土耳其成立，瓦尔泽可能是唯一一个对此事持怀疑态度的人。在散文《告别》中，

---

[1] 指德国作家恩斯特·荣格（Ernst Jünger, 1895—1998）的小说《在钢铁风暴中》（In Stahlgewittern）。恩斯特参加过两次世界大战，其早期作品大多美化战争、支持民族主义，后又转而反对希特勒和纳粹极权主义。。
[2] 可能指纳粹党的问候手势。

他让那位决不否认执政失误的被废黜的苏丹对现在所谓的成功表示了怀疑。诚然,他说,在从前管理不善的土耳其现如今有了一批能干的人,"但是我们的花园将会凋敝,我们的清真寺不久就会变得多余……(而)在沙漠中,从前我的名字能迫使鬣狗低头,未来铁路将穿行。土耳其人会戴上帽子,看起来像德国人一样。我们将被迫从事商业活动,如果我们没能力胜任的话,就会被枪杀。"事情也差不多就是这样发生的,只不过在这个不幸世纪的第一场种族屠杀中不是土耳其人被德国人击毙和打死,而是亚美尼亚人被土耳其人杀害。这无论如何都不是一个好的开端,我们可以说,瓦尔泽1909年透过哈伦·拉希德[1]的眼睛看到了遥远的未来,而在1920年代尾声他的所见也依然深远。根据他整个人的性情来看,强盗是一名自由主义者和共和主义者,他也因为政治视野的逐渐黯淡而患上心理疾病。准确诊断这是一种什么疾病已经无关紧要了。瓦尔泽

---

[1] 哈伦·拉希德(Haroun al-Rashid,764—809),阿拉伯帝国阿拔斯王朝第五代哈里发,因名著《一千零一夜》中记载了他的许多奇闻轶事而名满世界。在他统治的23年间,阿拔斯王朝国势强盛、经济繁荣、文化发达,首都巴格达成了阿拉伯帝国的政治、经济、文化中心和人文荟萃之地。

最终根本无法再继续下去,他就像荷尔德林那样,必须用一种无政府主义的礼貌和人们保持距离,变得执拗、粗鲁,在公共场合出洋相,并且觉得平庸世俗的伯尔尼,对,就是那个伯尔尼,是一座幽灵般的城市,充满了纠缠不休的手语者,他们在他眼前比着复杂忙乱的手势,一心想让他慌乱无措,然后把他当作一个不受重视的人摈弃掉——如果我们能够理解这些的话也就足够了。在伯尔尼的那些年月,瓦尔泽几乎找不到一个可以谈心的人。这种鄙视,正如他所担心的那样,无处不在。在少数几个仍然关心他的人中有一位名叫埃米尔·希普利的学校教师(兼诗人),1927年夏天,瓦尔泽在他家客居过几天。希普利在一篇发表于《溪兰大众之声》、描述他与瓦尔泽会面的文章中,认为他在这位看起来穿着流浪汉的装束、忍受着极度深沉之孤独的作家身上认出了一位隐藏着的国王,"后世之人,就算不称其为伟大,也会称他是一个有着罕见纯洁灵魂的国王。"虽然瓦尔泽非常熟悉福音派那种希望一无所有并放弃自己所拥有的一切的愿望,就像读者在《强盗》中可以查阅到的那样,但他并没有要求自己去履行任何救世主的使命。他带着愤怒讽刺地称自己还算是瑞士联邦第九大作家，这对他来说就够了。不过我们却可以授予瓦尔泽一个荣誉称号，这个称号他曾经授予过强盗，实际上他自己也当得起，它叫作州政府秘书之子。

我读到的第一篇瓦尔泽散文作品是他关于克莱斯特在图恩的那篇，其中谈到了一个对自己和自己的作品感到绝望的人，他为之感到痛苦，还谈到了周围令人心醉的美丽景色。"克莱斯特坐在教堂墓地的一面院墙上。一切都相当潮湿，同时又很闷热。他解开衣服，露出了胸膛。在他下方有一片湖，它仿佛被有力的上帝之手扔入深渊，湖面上洒上了红黄相间的光。阿尔卑斯的群山活了过来，并以神秘奇绝的姿态将它们的额头浸入水中。"日后，我一次又一次地沉浸在这篇寥寥数页的故事之中，并以此为起点对瓦尔泽的其余作品进行了或短或长的探究。1960年代后期，我刚开始阅读瓦尔泽，那时我还在贝希托尔德撰写的三卷本弗里德里希·凯勒传里发现了一张夹在书里的棕色老照片，这部传记是我在曼彻斯特一家古董店淘到的，有可能是一个被驱逐出德国的犹太人的遗物，这张迷人的照片拍的是阿勒河小岛上一座完全被灌木和乔木包围着的房子，1802年春天，克莱斯特在因为生病而不得不前往伯尔尼接受维滕巴赫医生的治疗之前，曾在那里潜心创作了疯狂的戏剧《戈诺雷斯一家》[1]。从此以后，我就慢慢学会了去理解一切事物是如何超越空间和时间相互联系在一起的，比如普鲁士作家克莱斯特与一位声称曾经是图恩酿酒股份公司职员的瑞士作家的生活，回荡在万湖湖面上的枪声与透过黑里绍精神病院的一扇窗户向外张望的目光，瓦尔泽的漫步与我自己的徒步旅行，生日与忌日，幸福与不幸，自然的历史与我们的工业历史，故乡的历史与流亡的历史。在所有的道路上，瓦尔泽一直陪伴着我。我只要停下日常的工作，就能够看到他站在旁边不远的某个地方，看到这位孤独的散步者清晰可辨的身影，他正在附近四下张望。有的时候我想象着我用他的双眼看到了明媚的溪兰，看到溪兰的湖泊就像一座闪闪发光的岛屿，看到这座湖岛上还有另一座岛，也就是圣彼得岛，"它笼罩在晨曦的轻薄迷雾之中，浮动着颤抖的白光"。傍晚，在回家路上，我们从浸润在忧伤雨水之中的岸边

---

[1] 即《施罗芬施泰因一家》（*Die Familie Schroffenstein*）。

阿勒河小岛上克莱斯特旧居的棕色照片

小路向外望去,看到水面上的"轻舟和小艇中还有一些划船爱好者,他们在头上撑开了伞",这样一番景象让我们幻想"正身处中国或者日本或者别的一片梦幻诗意的土地上"。根据梅希勒的回忆,瓦尔泽确实偶尔考虑过出国旅行或者移民海外。据他哥哥所说,他口袋里甚至曾经有一张由布鲁诺·卡西雷尔为他开具的长达数月的印度之行的支票。我们很容易想象,他与老虎大象一起,藏在亨利·卢梭[1]的一幅绿叶繁茂的画中,想象他在建造于海边的一家酒店的游廊上,此时季风降雨正在倾泻而下,或是想象他在喜马拉雅山麓的一个色彩华丽的帐篷前,正如瓦尔泽曾经描写的阿尔卑斯山那样,喜马拉雅就好像一条雪白的毛皮披肩。他甚至几乎真的去了萨摩亚,因为有一天,他相当偶然地在柏林波茨坦广场川流不息的人流和车流中遇见了瓦尔特·拉特瑙[2],如果在这一点上我们可以相信小说《强盗》的话,后者显然想在被德国人称作"南海

---

[1] 亨利·卢梭(Henri Rousseau,1844—1910),影响巨大的法国印象派画家。画作中尤以他从未到过的热带丛林主题著称,在个人强烈、鲜明的笔下,浸润着幻想色彩和神秘的异域情调。
[2] 瓦尔特·拉特瑙(Walther Rathenau,1867—1922),德国犹太实业家和政治家。

之珠"的岛上设法为他在殖民政府中找到一个事务轻松的职位。我们不知道瓦尔泽为什么拒绝了这份在某些方面非常诱人的好意。我们干脆假设,之所以出现这样的情况,是因为在第一批德国南太平洋发现者和先遣者里面有一位名叫奥托·冯·柯策布[1]的人,瓦尔泽对他就像对那位同名剧作家一样抱持着一种同样不可克服的偏见,他把那位剧作家称为俗人,说他有一根长鼻子,眼珠子外凸,没有脖子,总的来说整个头都缩在巨大而怪异的翻领里面被隐藏了起来。柯策布,瓦尔泽继续说道,在克莱斯特陷入绝望的时代写了一堆喜剧并获得了闪耀的票房成功,他把他这些大量的作品悉数印刷出来,用小牛皮订成册,装进匣子留给后代,后世子孙如果读了这些书的话,肯定会羞愧得无地自容。在最最美丽的南太平洋幻梦中想起被他轻

---

[1] 奥托·冯·柯策布(Otto von Kotzebue,1787—1846),波罗的海德意志人(指12至13世纪随德意志十字军和商人前往波罗的海东岸移民和定居下来的德意志人,主要分布在今爱沙尼亚和拉脱维亚地区;后在波罗的海地区逐渐取得政治、经济和文化的主导地位,成为精英和统治阶级;18世纪,沙皇俄国吞并了爱沙尼亚和拉脱维亚地区,波罗的海德意志人归顺沙俄,成为沙皇的臣民,其特权获得保留,日耳曼贵族因此得以出入圣彼得堡宫廷,位高权重。),俄罗斯航海者、探险者。1815年至1818年,他率领船队从北冰洋出发前往南太平洋、大洋洲进行考察,并发现了若干海峡和海角。

蔑地视为德国思想界英雄的文学冒险者,这种风险对他来说可能太大了。无论如何,瓦尔泽不太喜欢旅行,而且除了邻国德国,实际上从未去过任何地方。巴黎,这座他在瓦尔道精神病院时都还渴望着的城市,他也从来没有亲眼见过。因此,在他看来,比尔的下街,打个比方,可能就像耶路撒冷的一条街道,"那位世界拯救者和解放者谨慎地在它上面骑行"。此外,当月光洒在他前面的白色道路上,他经常在夜间暴走中穿过全国。比如1925年秋天,他徒步从伯尔尼走到了日内瓦,这是古老的朝圣之路上相当长的一段路程,它通往圣地亚哥-德孔波斯代拉的圣雅各神龛[1]。有关这次旅行,他并没有给我们讲述太多,除了说他在弗里堡——我看到他在那里穿过高得吓人的萨林河大桥进入市区——还买了一些长筒袜,光顾过几家客栈,对来自汝拉的女招待说了一些恭维奉承的话,把一些杏仁送给了一个男孩,在黑暗中漫步的时候向罗讷河岛

---

[1] 圣地亚哥-德孔波斯代拉位于西班牙西北部,是天主教在耶路撒冷和梵蒂冈之外的第三大圣城,而圣地亚哥朝圣之路是世界三大朝圣之路中的一条;相传耶稣十二门徒之一的圣雅各(西班牙语叫作圣地亚哥)葬于西班牙,其灵柩所在地日后就被称为圣地亚哥。

上的卢梭纪念碑脱帽致意,在走过湖上的桥时感受到了一种轻松愉快的感觉。这样以及其他一些类似的事情用最俭省的风格写在了篇幅大概两页的纸上。至于漫步本身,我们一无所知,他走路的时候脑子里在想些什么,我们也无从知晓。我唯一一次看到旅行者罗伯特·瓦尔泽从自我中解脱出来,是他在柏林的时候,当时的比特费尔德人造光源刚刚开始闪烁,他从那儿乘着热气球前往波罗的海海滨。"三个人、船长、一位男士和一位年轻的姑娘,爬进篮子里面,松开固定用的锚绳,然后这座奇怪的房子就缓慢地向上飞去,仿佛它还要先思考些什么东西一样……美丽的月夜似乎把华丽的气球拥抱在看不见的臂弯里。这圆圆的物体轻柔、安静地飞(向那儿)……然后……几乎没人注意到,被细微的风推向北方。"在下面我们可以看到教堂尖顶、乡间小路、庭院、一列幽灵般呼啸而过的火车,还有被渲染、照耀得华美壮丽的易北河河道。"格外洁白、仿佛被刷亮过的平原与花园和长满灌木丛的小片荒地交替出现。我们看着下面的土地,那片我们的脚永远、永远不会踏上的土地,因为我们在某些、确切而言是大多数地方永远没有需要找寻的目标。对我们来说,地球是多么广阔而又陌生!"我想,罗伯特·瓦尔泽就是为了这样一场无声的旅行而生的。在他所有的散文作品中,他总是想要超越沉重的尘世生活,想要轻柔、温和地飘往一个更自由的国度。这篇描写乘着热气球飞越夜间沉睡着的德国的小品文只是一个例子,顺便说一句,对于我而言和它相伴出现的是纳博科夫对他童年最喜欢的一本书的回忆。在

这套连载绘本中，黑黑的戈利沃格[1]和他的朋友们，其中有一种侏儒或者是里里普特[2]小矮人，经受住了无数次冒险，远离家乡，甚至一度落入食人族之手。然后出现了一个画面，上面画着"一艘由一段又一段数不清的黄色丝绸做成的飞船和一个给小矮人专用的微型气球。在飞船到达的万里高空，"纳博科夫写道，"飞行员们为了稍微取暖，互相紧紧蜷缩在一起，而那个小单飞者却在一旁孤身一人飘入了星星和冰雪的深渊，尽管他的命运很可怕，我还是很羡慕他。"

---

1 诞生于19世纪末的黑人漫画形象，后被制作成布娃娃风行欧洲，通常有着乌黑的皮肤、卷曲的头发和小丑似的嘴唇。围绕它的种族主义争议一直未平息。
2 英国作家斯威夫特的小说《格列佛游记》中的小人国国名。

像白天和黑夜——

记扬·彼得·特里普的绘画

扬·彼得·特里普的作品集已经问世四分之一个世纪了。它囊括了各种尺寸的作品，使用了铅笔、炭笔和干刻针、水彩、水粉或者灰泥、丙烯酸、油彩，材质一直推进到了可用物质的界限，甚至在观察者看来一再超出了这种界限。特里普最初三四年的画作仍然清楚地显示出超现实主义、维也纳幻想现实主义和照相写实主义的影响，并嵌入了具有挑衅性的1968年风格[1]，但是不久之后，1973年，在拉芬斯堡附近的韦瑟瑙地区精神病医院当驻场艺术家的几个月里，这种富有争议性的特征消失了，取而代之的是一种更深刻的客观性，这种客观性试图以纯粹展现生活表象形式的方法来探究是什么导致了它们的形成和演变。这样一来，肖像艺术就变成了一种病理学的行为，它不再承认人们通常所说的特征与变形之间的分界线，而所描画主体身上的变形是由工作义务和精神痛苦引起的。如果说特里普在韦瑟瑙精神病院居住时期的画作可以被理解为对于在人类头脑中回响的虚空的研究，那么

---

[1] 指五月风暴，1968年5月至6月在法国爆发的一场学生罢课、工人罢工的群众运动，其矛头对准资本主义及其引发的不公平的社会现实，对法国以及欧美世界产生了深远的影响。

晚期肖像画和自画像那几乎与世隔绝的孤立主义也表现了同样的主题，力度不减分毫。甚至过去若干年中创作出来的世所公认的经济和政治权利所有者的典型画像也有着一些令人痛苦的拘束和扭曲，隐约（在此没有丝毫指责的意图）与他在韦瑟瑙的感悟相一致：人类个体是一种被从自然和社会关联中撕扯出来的不正常生物。在文明进程中变得越来越可怕的物种，其画像的反面是荒芜的风景画，尤其是静物画，当中——远在世界大事之外——只有静止不动的物体见证了一个理性得十分古怪的物种曾经的存在。特里普的静物画并不着意于画家如何在某种多少显得随机的装配艺术品上施展他的本领和掌控力，而是重视事物的自主性存在，而我们作为盲目的为钱卖力者与这些事物处

于一种从属和依赖的关系。因为这些事物（原则上来说）比我们更长命，所以它们对我们的了解比我们对它们的了解要多；它们本身承载着它们对我们的体验，它们事实上是一本在我们面前打开的关于我们历史的书。在父亲那只所谓的俄罗斯手提箱里放着儿子的鞋；二十多块学写字用的石板和一些泛白的涂鸦使人们想到一整个消失了的班级——这是描绘过去的画作，是描绘人类生活中最为神秘之物的画作。在特里普笔下，静物画[1]是我们身后之物的范例，这一点与以往任何时候相比都要明显得多。在其中我们可以领悟到莫

1　原文为拉丁语。

里斯·梅洛 – 庞蒂[1]在《眼与心》中所说的前人的凝视[2]，因为在这样的画作里面观察者和被观察对象的角色反过来了。在凝视中，画者放弃了我们过于肤浅的知识；事物目不转睛地看着我们。"行动和激情是如此难以辨认，"梅洛 – 庞蒂写道，"以至于我们不知道谁在看、谁在被看，谁在画、谁在被画。"[3]

在扬·彼得·特里普的作品里面逼真性达到了一种几乎无法想象的高度，人们在对这些作品进行思考的时候是绕不开讨厌的现实主义问题的。一方面是因为对于每一位欣赏特里普画作的观者而言，首先映入眼帘的是看似分毫不差的再现的准确性，另一方面是因为，自相矛盾地说，恰恰是这种惊人的艺术技巧阻挡了观者看到真正的成就。完美的图画表面可提供的线索非常少，所以连专业的艺术评论都几乎不知道如何在表达外行般的惊叹之后再加上一些有意义的东西。顺便说一句，这种表态的特别之处在于，它们经常（在

---

[1] 莫里斯·梅洛 - 庞蒂（Maurice Merleau-Ponty，1908—1961），法国20世纪最重要的哲学家、思想家之一，与萨特齐名的存在主义杰出代表，知觉现象学的创始人。
[2] 原文为法语。
[3] 原文为法语。

某种程度上可以说）是在摇头否认中完成的，因为，恰恰在受到过现代派传统训练的评论家代表那里——涉及技艺时他们通常一无所知，这种不容置疑的赞叹中可能混杂了一种不好的感觉，仿佛被一个施展某些看不穿的花招的魔术师欺骗了。事实上，特里普不仅成功地把第三维度插入到了平面中，以至于人们在观赏时偶尔会觉得可以跨越图像门槛进入其中；而且被表现的素材，比如说小男孩马塞尔的深黑色天鹅绒外套，他的塔夫绸蝴蝶结，四十一块鹅卵石，以及田野

《葡萄II》，扬·彼得·特里普创作于1988年

上的白雪，它们都非常真实地存在着，以至于观者会不由自主地伸出手想触摸一下。恩斯特·贡布里希[1]在他的鸿篇巨制《艺术与错觉》中回忆了普林尼[2]讲述的两位希腊画家帕拉西奥斯和宙克西斯的故事。据说，宙克西斯把葡萄画得栩栩如生，甚至连鸟儿都试图去啄食它们。帕拉西奥斯因此请宙克西斯来到他的工作室，想要向宙克西斯展示他自己的作品。帕拉西奥斯把宙克西斯带到画板前，当宙克西斯想要揭开画板的幕布时，他发现幕布不是真的，而是画出来的。贡布里希接着阐释了在错视[3]画中画作的启示力量和画作在观者那里引起的期待是如何相互增强的，并且在结尾评述道，他见过的最令人信服的错视效果在画面之上"模拟"了一层破裂的玻璃。如今在特里普笔下既有宙克西斯的葡萄也有破裂的玻璃。但是如果人们想要把他首先看作一位技艺精湛的错视画大师，那就错了。特里普只把错视当作诸多技艺中的一种来使用，而且

---

[1] 恩斯特·贡布里希（Ernst Gombrich, 1909—2001），出生于维也纳，后入英国籍，艺术史、艺术哲学、艺术心理学领域举足轻重的大师。
[2] 盖乌斯·普林尼·塞孔都斯（Gaius Plinius Secundus, 23—79），又称老普林尼，古罗马百科全书式的作家，著有《自然史》。
[3] 原文为法语，指在二维平面上创造出极端逼真的三维幻觉的技艺。

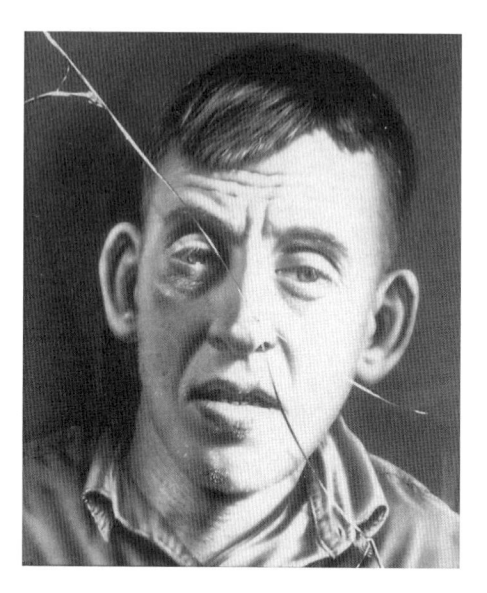

他笔下的错视始终与内容有着能够想象的最为精准的关联，就像水彩画《一条微小的裂缝》所展现的那样。

错视画是一种绘画风格，它擅于运用相对贫乏的手段，不管是通过某种透视事件，还是通过光和影的巧妙分配，几乎凭空变出了所谓的逼真效果[1]。众所周知，错视画最为娴熟的实践者是幻觉装饰画者[2]，他们

---

1 原文为法语。
2 原文为意大利语，指采用错视画技法（quadratura）进行绘画的人，他们通过大小比例等线性透视理论来实现视觉欺骗。巴洛克时期的意大利基督教堂天花板和墙壁装饰画是幻觉装饰画作的高峰之一。

在巴洛克时期走遍了奥地利和巴伐利亚，在墙壁上画满排成直线的柱廊，在天花板画上恢弘的穹顶，目的是让各种通常令人印象不太深刻的室内装潢拥有一种宫廷般的气象。这种虚伪、空洞的气息黏附在可以随意制造效果的艺术实践中，在日后，至少从照相的出现和由此发端的现代主义开始，席卷了整个具象绘画领域。基于这一原因，认为今天在具象绘画领域可以像在非具象绘画领域一样获得极其引人注目的地位的观点对于一位艺术评论家而言几乎是不可思议的，更何况照相现实主义和超现实主义的描绘过程以具象化为目的，这迅速耗尽了它们自身。

说特里普的作品几乎必不可免地与这种差不多已经过时的潮流关联在一起，这种联想是错误的。对此，在我看来唯一值得思索的只有它间接引发的一种推断，即，鉴于特里普画作的纯粹客观性和确定性特征，就像人们可能认为的那样，其内在质量大概不能取决于它是否与真实（或者其照片印刷品）保持一致——尽管这绝对能获得所有观者的赞赏，而要取决于远没有那么明显的偏差点和相异点。照片会把真实转变成一种同义反复。当卡蒂埃-布列松[1]前往中国的时候,苏珊·桑塔格写道,他向世人展示了在中国生活着很多人,这些人是中国人。对于照相而言理所应当的东西,对于艺术来说却并不合理。艺术需要双关、多义、共鸣、暗化、提亮,简而言之,需要超越由颠扑不破的原理所决定的东西。罗兰·巴特在如今无所不在的拿着照相机的人身上看到了死亡的代理人,在照片中看到了类似于不断枯死的生活的遗迹一样的东西。生活接近死亡是艺术的主题,而非嗜好,这区分了艺术和上面那种病态活动。艺术借助解构表象形式的手段在无限的复制中消除肉眼可见的世界。因此,扬·彼得·特里普的画作始终有一种解析的,而不是合成的特性。它们以摄影材料为出发点并对其进行仔细调整。清晰/模糊之间的机械关系被消除,并进行了增减。有的东西被移到另外一个位置,被突出,被缩短,或者略微被扭曲。色调被改变了,有时也会因疏忽而出现一些幸运的失误,然后从中出乎意料地产生了与真实相对立的表现系统。如果没有这样的干预、偏差和不同,

---

[1] 亨利·卡蒂埃-布列松(Henri Cartie-Bresson,1908—2004),法国著名摄影家,被誉为"现代新闻摄影之父","决定性瞬间理论"实践者。

即便在最完美的再现中也不会有任何感觉和思想纹路。除此之外，在研究特里普的画作时必须思考一下贡布里希凝练的论断，他认为，即便是用最为细致入微的精准度进行工作的现实主义者在给定的平面上也只能够安插数量有限的符号。"尽管他可能已经尽力，"贡布里希写道，"使超越可见事物界线的色彩痕迹协调一致，但是当涉及再现无限小的事物时，他最终还是必须指望联想。当我们站在扬·凡·爱克[1]的一幅画前时……我们相信他成功地临摹了可见世界中无穷无尽的丰富细节。人们会产生这样的印象，感觉他特意画出了织金绸缎的每一道针脚、天使头上的每一根头发、木头的每一条纤维。然而无论他如何用放大镜全身心地工作，这都是不可能做到的。"也就是说，创造一种完美的幻觉不仅仅依赖于令人头晕目眩的艺术技巧，而且最终取决于对一种屏息状态的直觉控制，在这样的状态中，画家自己不再知道现在他的眼睛是否还在

---

[1] 扬·凡·爱克（Jan van Eyck，约 1390—1441），佛兰德画家，早期尼德兰画派最伟大的画家之一，也是 15 世纪北欧后哥德式绘画的创始人。他以作品中写实的精细描绘和微妙的光影表现闻名于世，他把神圣融入现实世界，着力描绘人世的丰富多彩。

看，他的手是否还在动。

在极度聚精会神的工作状态中，呼吸变得越来越平缓，安静变得越来越深邃，肢体麻木，眼睛失明，这样的反复体验把死亡带入了扬·彼得·特里普的画作。死亡在早期的骨骼和头颅草图中显而易见，后期却隐藏在了不祥之物中，比如在被描画之人的脸上，在破裂了的玻璃中，在鹅卵石的神秘造型里，或者在五十岁的弗朗茨·卡夫卡的画像中。为了找寻死亡，画家不得不跨过边界。在去往另一边的路上有一只林睡鼠，有天早晨它躺在了大门前。尽管人们说应该迅速画完死者，但特里普用了七天的时间，在腐尸散发的三氯甲烷气味的包围下，才完成了这幅画，画中保

存了这位不速之客的无声信息。在第七天,这具早已没有生命的躯体中还微微抽动了一下,从鼻孔中流出了针头大小的一滴血。这才是真正的结局。嵌入无物之中,没有衬底也没有背景,这只动物现在竖起蝙蝠状的耳朵飘荡在稀薄的空气中。眼睛周围的黑色皮毛看起来就像是一条黑孝章,或者说像是夏夜飞跃北极的航班上乘客所戴的眼罩。构成我们的料子也就是那梦幻的料子;我们的短暂的一生,前后都环绕在酣睡之中。[1]

扬·彼得·特里普的画我看得越久,就越感觉到在表面的幻觉之后隐藏着可怕的深渊。这种深渊可以说是现实的形而上底衬。不久前才开始创作的系列花卉画尽管高度现实主义,但还远远谈不上是植物学图示,画中这种底衬被突出表现了出来。这些首先应该用它们本身的绚烂色彩画成的花朵都变成了沉寂的灰色画,画中的彩色只留下了鬼魅般的踪迹。它们仿佛没有了生气,呈现出瓷器般的尸僵。它们都有着女名,因此属于另一种类别。在它们如歌剧女主角般的

---

[1] 原文为英语,引自莎士比亚剧作《暴风雨》,译文参照朱生豪译本(《暴风雨》,大众文艺出版社,2010年)。

夸张形体中，流传下来的是有机自然几乎已经消退了的余晖。在那幅绿葡萄画上，这些绿葡萄同样是生命的最后迹象。一种具有独特仪式感和象征意义的风格决定着画面布置。黑暗的背景、绣着花押字的白色亚麻布——人们已经预感到它不是铺在一张婚宴桌上的，而是铺在一具棺材或者一张灵柩台上的。绘画，如果不是一种面对黑色死亡和白色永恒时的病理解剖，那它还能是什么呢？这种极端的对比多次反复出现，比如说通厄伦[1]的比利时台球画里那棋盘格式的地板图

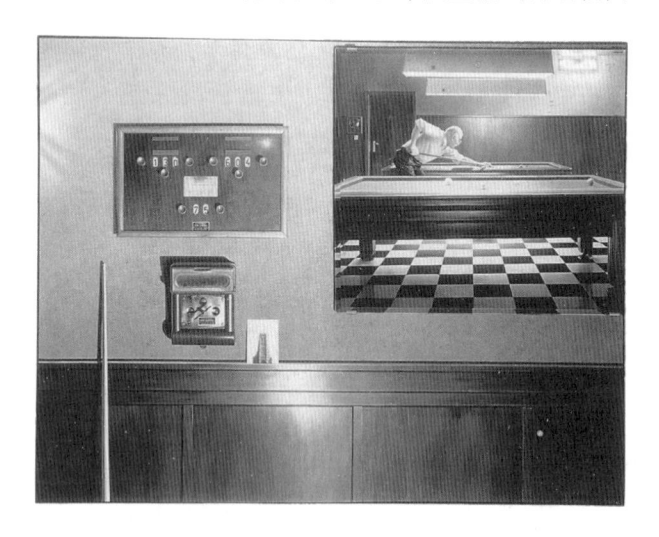

---

[1] 比利时最古老的城镇，位于林堡省。

案，它难免让人想到，画者在每次给自己预先规定的框架里面都参与了一场充满风险的游戏，在这个游戏中，一个错误的举动就会轻易搞砸一切。在扬·彼得·特里普最早期的一幅画作中，"钴蓝色茜草红漆球"正滚向一个夜间没影点，在之后的每一幅画中，最复杂的妙棋和招数在生与死之间来回上演："但在这日夜相间的棋盘上面，/ 他摆弄的这些棋子也真可怜——/ 移过来挪过去，吃子又是捉将，/ 然后，一个个放回小盒里长眠。"[1]

和死亡这个主题联系在一起的是正在流逝的、已经逝去的和失去了的时间；在扬·彼得·特里普的画作中，短暂的瞬间和局势被从它们的流逝过程中抽离了出来，通过这种方式时间被保留下来，这和普鲁斯特的作品完全一样。一块红色的手绢，一根烧尽的火柴，刀砧板上的一颗大头蒜，这些东西本身承载着所有的时间，从某种意义上来说通过画家充满激情的耐心工作而永远获救。围绕在它们周围的记忆光环赋予

---

[1] 原文为英语。此处是英国诗人爱德华·菲茨杰拉德对波斯诗人奥玛·海亚姆所著《鲁拜集》的原作进行排列、组合、整理、改编后，重新创作的诗句。译文参照黄杲炘译本（《柔巴依集》，陕西师范大学出版社，2016 年）。

了他们如纪念品一般的特质，而纪念品是忧郁的结晶。一幅来自拉卡迪埃达聚[1]的室内装饰画展现了一面刷过石灰浆的墙和一幅油画复制品的一部分，这幅画颜色变深了，但还可以辨识出水上泛舟的主题。在充当底板的宽大的石膏框架上固定着一幅画在象牙上的微缩画，一幅真正字面意义上的半身像，因为所绘对象的脸被刮擦得无法辨认，只能够看到这位陌生主角穿着蓝色制服的上身。此外，画框上还插着一小束干花（它立刻让我想起了1801年5月16日卡罗利妮·冯·施

---

[1] 法国普罗旺斯 - 阿尔卑斯 - 蓝色海岸大区瓦尔省的一个市镇，属于土伦区勒博塞县。

利本在德累斯顿的布吕尔平台上和海因里希·冯·克莱斯特一起编织的幸运花环,还有一张它的照片被保存了下来)以及从日历上撕下的碎片,上面写着5月15日,这是画家的生日。

逝去的时间、回忆的痛苦和死亡的身影,像是画家自己生活中的引文,都聚集在这儿的纪念神龛里面。纪念从根本上来说真的只是一种引文。装进一篇文章中(或者一幅画中)的引文迫使我们,就像埃科[1]写的那样,去审视我们对其他文本和图画的认识以及我们对世界的认识。这反过来又需要时间。我们通过花费时间,进入了叙事时间和文化时间。最后,让我们试着借助一幅名为《宣战》的画来说明这一点,这幅画的尺寸为370厘米×220厘米,画上可以看到一双精美的女鞋放在铺着瓷砖的地板上。瓷砖的淡蓝色和灰白色图案,灰色的砖缝,被太阳光投射到画作中部的窗户铅玻璃的菱形网格,立放在两块阴影区域之间的太阳光中的黑色鞋子,所有这一切构成了一种复杂得

---

[1] 翁贝托·埃科(Umberto Eco,1932—2016),举世闻名的意大利哲学家、符号学家、文艺批评家和小说家;此句可能涉及埃科的重要文论著作《开放的作品》,"开放性"这一重要概念在西方文本理论中具有重要意义。

用语言无法描述的几何图案。从这一展现了各种情况、关联和纠葛之难度的图案以及这双神秘的黑鞋中产生了一种画谜，不知道先前情况的观者几乎无法解开。这双鞋是哪位女士的？她去哪里了？它们现在归别人所有了吗？还是说它们最终只是画家被迫用他所画的一切制造出来的恋物癖范式？这幅画虽然形式具有代表性、看上去清晰明了，但却在最为隐秘之处封闭了自己，关于它很难再多说些什么。这双鞋并没有泄露它的秘密。然而两年后，画家至少把他这幅谜一样的画作进一步推入了公众视野。在一幅尺寸小得多（100厘米×145厘米）的画作中，这幅巨大的画再次出现，不仅作为引用，更作为表达的媒介物。现在这幅《宣

战》显然是挂着的，占据了画布上方三分之二的位置，它的前面，背对着观者，在一张包裹白色坐垫的红木靠背椅上斜坐着一位头发火红的女士。她穿着考究，但还是像某个白天劳累的人那样在傍晚疲惫不堪。她已经脱掉了一只鞋，而她的鞋和她在画上盯着看的鞋子一模一样。本来，别人告诉我，她本来是左手拿着这只脱掉的鞋子的，然后把它放在了椅子右边的地板上，最后它完全不见了。这位穿着一只鞋子、和神秘的《宣战》独处的女士，孤身一人，不算上她身边那只忠诚的狗的话，它当然对画上的鞋子不感兴趣，而是直直地看向画外，盯着我们的眼睛。X光照片或许

能证明它之前是站在画面中间的。后来它离开了，并叼来了一只来自15世纪的木凉鞋，准确地说是来自悬挂在伦敦国家美术馆中的婚礼画[1]，它是由扬·凡·爱克于1434年为贵族男子乔瓦尼·阿诺菲尼迎娶他来自下层社会的妻子焦万娜·塞纳米而创作的，因为这桩婚事门第不配，所以新郎左手执新娘右手完成了婚

---

[1] 画作名为《乔瓦尼·阿诺菲尼夫妇》。

礼，这幅画就是爱克的在场证明。圆镜的边框上写着"扬·凡·爱克在场见证"，在镜子里，观者可以从后面再次看到以微缩尺寸画出的场景。在前景中，靠近画作的左下边缘，这只木凉鞋，这个奇怪的物证，躺在一只很可能是作为忠贞的象征而进入构图中的小狗旁边。在扬·彼得·特里普的画中，红发女人思考她鞋子的来历和一种无法解释的失落，却不知道秘密就在她的身后揭晓——以一种类似之物的形式，这个物体来自早已逝去的世界。这只狗，秘密的承载者，能

轻巧地跳过时间的鸿沟，因为对于它而言，15世纪和20世纪之间没有区别，所以它比我们更加清楚一些事情。它的（驯化了的）左眼聚精会神地看着我们；（未驯化的）右眼少了一丝光芒，显得怪异而陌生。然而我们觉得恰恰是这只阴翳的眼睛看穿了我们。

新民説　塞巴尔德作品系列

《奥斯特利茨》
[德] 温弗里德·塞巴尔德 著
刁承俊 译
定价：68.00 元

从威尔士到伦敦到布拉格到巴黎

一个维特根斯坦式的男子

在理性与罪之间徘徊

穿越时间之雪，抵达先于身体的伤口

《移民》
[德] 温弗里德·塞巴尔德 著
刁承俊 译
定价：56.00 元

所谓移民

即失去礼拜天的灵魂

在大地上寻找更好的人的定义

最后只能以死还乡

新民说　塞巴尔德作品系列

《土星之环》
［德］温弗里德·塞巴尔德 著
闵志荣 译
定价：64.00元

悼念上升的幻觉
悼念瓦解于尘的秩序
这是一场举行过无数次的葬礼
我们终将在沉降中汇合

《眩晕》
［德］温弗里德·塞巴尔德 著
徐迟 译
定价：52.00元

作旧日神话的一则脚注
循芜杂历史的一段线索
人在记忆的镜像里增殖
成为分裂症的一个基因片段

新民说　塞巴尔德作品系列

《自然之后：一部元素诗》

[德] 温弗里德·塞巴尔德 著

任昱璞 译

定价：48.00 元

塞巴尔德令人惊异的诗歌处女作

化身时间和历史的生态学家

在自然身后

勘探生命的蹩脚模仿、残次受造、不祥赘生

《未曾叙说》

[德] 温弗里德·塞巴尔德 著

任昱璞 译

定价：58.00 元

塞巴尔德遗作 × 特里普版画

33 双眼睛 33 首微型诗

将记忆定格为一段文字

将生命浓缩为一束视线

一片关于被破坏、被掩盖、被遗忘的视野